Souvenirs de guerra

Souvenirs de guerra

✳ ✳ ✳

MÁRIO BORTOLOTTO

Copyright © 2021 Mário Bortolotto
Souvenirs de guerra © Editora Reformatório

Editor
Marcelo Nocelli

Revisão
Natália Souza
Marcelo Nocelli

Imagem de capa
Carcarah (instagram.com/carcarah)

Design e editoração eletrônica
Negrito Produção Editorial

Dados Internacionais de Catalogação na Publicação (CIP)
Bibliotecária Juliana Farias Motta (CRB 7/5880)

Bortolotto, Mário, 1962-
    Souvenirs de guerra / Mário Bortolotto. – São Paulo: Reformatório, 2022.
    168 p.: 14 x 21 cm

    ISBN 978-65-88091-41-8

    1. Bortolotto, Mário, 1962- Ficção. 2. Ficção brasileira. I. Título.
B739s   CDD B869.3

Índices para catálogo sistemático:
1. Bortolotto, Mário, 1962- Ficção
2. Ficção brasileira

Todos os direitos desta edição reservados à:

EDITORA REFORMATÓRIO
www.reformatorio.com.br

Não preciso me investigar como uma amiga andou me aconselhando.

Ela disse: *"Se investiga, Marião, você vai descobrir que todo o problema está em você"*.

Lembro do John Constantine do Peter Milligan dizendo: *"Descobrir novas coisas a meu respeito? É a última coisa de que preciso nessa vida"*.

Você não gosta de escritores porque concorda com eles. Você gosta de escritores porque eles escrevem de um jeito que te arrebata. Não se deve procurar afinidade com textos. O que eu procuro é o texto que me derruba da cadeira. O que eu procuro é ficar perturbado diante da vida e do texto que pra mim é consequência de uma vida, caso contrário não faz o menor sentido. Eu procuro a tempestade, sempre. Ainda ambiciono morar sozinho na beira de uma praia e passar minhas tardes olhando para o mar e esperando o momento certo de ir. É fácil imaginar que dentro dos meus planos, eu quero tardes de sol, gaivotas e barquinhos de bossa nova. Porra nenhuma. Eu quero as tardes nubladas e os naufrágios. Mas acima de tudo, quero o texto que me proporcione cãibra em alto mar.

Harvest moon

Antes de todas as mulheres, de todos os filhos e amigos bêbados e sóbrios e carentes e indiferentes e patéticos e amáveis e execráveis.

Antes dessa solidão, de todos os arrependimentos e de eu ter entendido todo o desperdício, das noites desesperadas e desperdiçadas, dos poemas que mandei pro exílio e das mulheres que eu chamei de volta, que eu implorei para que voltassem e que não me quiseram mais e eu passei a admirar por tal atitude sensata. E essas mulheres subiram no meu conceito. E elas se tornaram intocáveis, inalcançáveis. E de todas as notícias boas que recebi sobre elas. De como estavam felizes com seus novos homens bem apessoados e prósperos e novos empregos e novas vidas cheias de esperança. É, porque agora livres de minha indigesta pessoa era possível ter esperança. E eu devia altruisticamente ficar feliz por elas. Mas tudo o que eu queria mesmo, do alto da minha mesquinhez, era que elas se fodessem muito com seus novos homens bem apessoados e novos empregos e novas vidas cheias de esperança.

Antes dos impérios derrubados, dos suicídios frustrados, das festas que não quis participar, dos bares da moda que não quis ir, das estreias de teatro que não quis assistir e todas as rejeições e todos os contratos que não assinei e todas as grandes chances que deixei passar. Antes, tinha essa lua explodindo no céu. E meus amigos que uivavam bêbados. E tinha ela santificadamente nua embrulhada na bandeira azul celeste do Londrina Esporte Clube deitada no banco traseiro do carro lendo Hunter Thompson.

E tinha essa lua entrando pela porta do bar. E ela saindo do reservado com o cabelo molhado e colocando um Neil Young na *jukebox* e sorrindo, me convidando pra dançar e eu acanhado aceitando e morrendo de vergonha por não conseguir acompanhá-la. E tinha eu descompensado, dançando desajeitado Neil Young com a mulher mais linda do mundo e sabendo que não ia dar certo e que era só questão de tempo pra eu voltar pro inferno que eu conhecia como lar.

Antes das putas, dos leões de chácara, e de ser expulso dos puteiros e sair espancando orelhões como se eles tivessem algo a ver com o fato dela gritar comigo do outro lado da linha e me chamar de fracassado e de eu voltar pro puteiro e do leão de chácara escarnecendo de mim: *"ah, você voltou. Quer que eu o chute de novo pra fora?"* E antes de ser chutado de novo pelo leão de chácara e por ela e por todas as outras e antes da chuva de madrugada e antes de eu tentar ligar de novo dessa vez a cobrar porque eu não tinha mais ficha e nem cartão e nem crédito nenhum em nenhum buraco daquela cidade do inferno. E sequer alguma mulher pra eu ligar porque a única mulher que ia querer receber um telefonema meu era minha mãe que não tinha telefone e mesmo que tivesse ela já estaria dormindo e eu não queria acordá-la e meu pai não ia gostar do telefone tocando principalmente se soubesse que era o seu filho inútil do outro lado da linha.

E antes de tudo, antes da guerra, antes até de Deus, tinha minha mãe arrastando suas pernas com o joelho quebrado depois de todos os espancamentos e noites solitárias e violentas no Jardim do Sol, tirando todas suas economias da Caixa Econômica e me comprando essa máquina de escrever, essa velha Olivetti Lettera 82. E tudo o que saiu dela, todo o sangue e excrementos e volúpia e maldições e descrença e desejos de vingança expurgados em letras deliberadamente inconsistentes. Mas é só o que eu tenho pra essa vida. Essa lua que emoldura o cenário triste da minha inadequação. Entre o que eu experimentei como nascimento e do que eu entendo como eternidade.

Vida, vem ni mim

Quando olho uma foto de quando era garoto, fico pensando no que aquele menino faria se soubesse naquele momento tudo o que aconteceria com ele. Que ele ia levar três tiros e ia ficar em coma no hospital. Mas que sairia de lá vivo e emocionado por descobrir que tantas pessoas se importavam com ele. Que iria se apaixonar por algumas mulheres malucas. Outras doces. Algumas malucas e doces. E que iria se foder por causa dessas paixões. E que também faria mal a algumas das mulheres que passaram por sua vida e que caíram na besteira de gostar dele. E que também foderia a vida delas. E o que restaria seriam poemas e letras de música dilacerantes e estupidamente sinceras. E que iria viajar de carona e que veria o mar pela primeira vez aos 18 anos de idade. Que perderia a mãe depois de toda a via sacra de corredores de hospitais públicos durante anos e que ganharia uma filha menos de um ano depois. Que viajaria de avião pela primeira vez aos 34 anos para um Festival de teatro de Porto Alegre. Que o teatro, o *rock and roll* e a literatura é que fariam dele alguém com uma marca e um lugar no mundo.

Que iria acabar em Paris convidado por um festival de dramaturgia e que sentaria no mesmo banco que Hemingway sentou enquanto pensava em escrever que a cidade era uma festa. Que dormiria em bancos de praça, alojamentos de ginásios de esportes e hotéis cinco estrelas. Que teria muitos amigos. E alguns inimigos também, embora nunca tenha feito questão disso (dos inimigos, é claro). Mas os amigos seriam em número maior. Bem maior. E teria amigos em qualquer cidade por onde andasse, porque pra ele jamais teria cidade alguma ou país algum, por mais que simpatizasse mais com uma cidade ou outra. E que algumas pessoas iriam ler os seus livros e ouvir e até cantar suas músicas. Que muitos dos seus ídolos se tornariam seus amigos. Que ficaria horas olhando a capa de um LP do B.B. King. Que tentaria rezar à noite e que iria esquecer alguns trechos das orações e que iria substituir os trechos por versos de Dylan Thomas e que iria até achar que a oração tinha ficado mais bonita assim. E que sempre que estivesse triste lembraria dos primeiros versos de um poema do Ferlinguetti ou os primeiros acordes de uma música do Blue Jeans e isso o faria distraidamente feliz. Que terminaria sozinho à noite em sua cozinha jogando *Playstation* com a gata da filha arranhando sua perna. Se ele soubesse de tudo isso, talvez ele não tivesse coragem de seguir adiante. Ou talvez simplesmente falasse baixinho pro seu amigo professor de português não ouvir: *"vida, vem ni mim"*.

A vida logo depois do café da manhã

A vida é um mergulho num vulcão. A vida é o último homem na Arena antes do leão rugir, o gemido falso da mulher que na verdade não quer nada com você. A vida é a sombra se projetando na parede parecendo bem maior do que é, mas que é o suficiente pra colocar você pra correr. E você evidentemente não faz a menor ideia de onde vai conseguir chegar. Assim que começar a correr. Assim que começar.

* * *

O que é o errado? O que dizem pra gente que é ou aquilo que realmente pode vir a ser? Porque enquanto ficar na conjectura, não é real e consequentemente não pode ser errado. Eu desisti do erro. Eu só convivo com o erro. Mas desisti dele. Eu desisti de quase tudo na minha vida. Desisto, mas ainda insisto. No erro. Porque o que eu mais quero na vida é acertar.

Todo errado

Não tem essa de ficar esquisito. Você já nasce assim. E se você teve o azar (?) de nascer assim, não vai ter como escapar. Na sua inocência infantil você não percebe, mas já tá tudo lá. E seus pobres pais não estavam preparados para orientar o filho errado. Mesmo porque o que os pais mais desejam é que o filho trilhe o caminho certo (?) Mas quando você vai crescendo, percebe que tem algo errado. Que algo não se encaixa. E aos poucos você descobre que quem não se encaixa é você. Então você começa a andar com as pessoas erradas (?), a ler os livros errados (?) e ouvir a música errada (?) e frequentar os lugares errados (bares vazios, bibliotecas, cinemas no fim da tarde). E tudo vai se esclarecendo. Então é só contar os minutos para dar o estalo em sua cabeça. Você descobre que não há saída. Que você está condenado. A ser errado. Alguns até tentam fugir. E buscar caminhos certos. E até conseguem. Ou pelo menos se enganam que sim. E conseguem os empregos certos, o cônjuge certo, os filhos certos, o deus que orienta sua vida certa. Então à noite, ele levanta da cama, olha pela janela e sente um frio na barriga e um desespero que ele não consegue diagnosticar. Porque sua vida parece que está toda certa. Mas na verdade ele sabe que foi um erro. Um erro que não vai dar mais tempo de corrigir. Porque a vida dando certa (?) ou errada (?) vai ter um fim. E essa é a única certeza em nossas vidas erradas (?).

Não se engane. Os nossos maiores erros são cometidos na hora do recreio quando o sinal toca e você insiste que ainda tem que fazer a última cesta. Ela ainda vai estar lá quando você sair da aula, como a janela da torre onde encarceraram a princesa, como o último show da sua banda preferida ou o primeiro salto das cataratas do Niágara. Você não vai conseguir esquecer. Eu nunca esqueço as primeiras decepções. São delas que eu me alimento e são por elas que eu sempre volto.

O tempo é que vai resolver

Eu acabei de chegar em casa muito bêbado. Ok, isso não é nenhuma novidade. Eu estive numa festa de casamento onde me serviram todas as bebidas possíveis. Os garçons eram muito camaradas e eles sacaram que eu gostava de beber. E eles foram muito gentis e excessivamente generosos comigo. Jamais deixaram que o meu copo de uísque ficasse vazio. E eu estava sem dormir há pelo menos dois dias. Ok, dormi ontem uma ou duas horas um sono bem revigorante já que foi recheado de sonhos dos quais não queria acordar. Mas enfim, dormi muito pouco (apesar dos ótimos sonhos – contei os sonhos para os meus amigos no carro e eles cagaram de rir) e hoje fiquei muito, muito, muito bêbado. A festa acabou e eu fui o último a sair, não sem antes agradecer pessoalmente todos os garçons da festa desejando que suas vidas sejam sempre repletas de bem aventuranças, mesas fartas e muita cerveja na geladeira. Eles estavam felizes. Eu estava feliz. Eu já ia embora pra casa, Ia chamar um Uber e ia embora. Mas alguns amigos que estavam bebendo no Filial me mandaram mensagens me perguntando se eu queria que eles passassem lá pra me pegar. Eu tenho amigos. Minha glória e minha ruína. Aceitei a carona deles, obviamente. E eu que nem sou de cheirar, ainda aceitei um pouco de coca de um cara que tava saindo da festa e me ofereceu ali mesmo no meio da rua. E os amigos passaram lá e me pegaram e nós fomos procurar um bar na Santa Cecília. Todos fechados. E os poucos que estavam abertos não queriam vender bebidas alcoólicas. Miseráveis desprovidos de coração e bons sentimentos para com os bêbados expatriados. Mas mesmo assim não desejo nenhum mal para eles. Que suas vidas continuem sóbrias e seus filhos cresçam lindos, saudáveis e *hipsters*. Achamos finalmente um boteco com a cerveja mais vagabunda possível. Bebi e dormi na mesa, obviamente. Meu amigo chamou um Uber e me levou pra casa.

Desci em frente de casa enquanto meu amigo seguia seu caminho e obviamente fui beber um café com leite no boteco do lado. Essa é a hora de beber um café com leite. Eu honro as minhas tradições. A tv do boteco tava ligada. Alguns travestis dormiam na mesa. Alguns caras xingavam alguns desafetos e estavam na iminência de começar a terceira guerra mundial. Caguei pra todos eles. Eu só queria beber o meu café com leite. Mas como eu já disse, a tv tava ligada. E aí aconteceu a revelação. Haviam duas apresentadoras em um programa jornalístico matinal. E elas eram lindas e estavam bem vestidas e maquiadas. E eu fiquei me perguntando: *Como assim, porra? A essa hora da manhã? Que hora essas mulheres lindas foram dormir para estarem a essa hora da manhã apresentando impecáveis essa porra de jornal, falando sobre trânsito, sobre o Temer e sobre previsão meteorológica? Que tipo de vida elas levam? Quem são os maridos delas? Quem são os namorados delas? Que horas elas trepam com eles? Às oito da noite?* Fiquei pensando que as pessoas levam vidas muito corretas e que talvez elas sejam felizes levando vidas assim. Fiquei pensando que o errado sou eu que levo essa vida torta e talvez por isso escreva sempre esses textos melancólicos desprovidos de esperança. Essas pessoas não pensam como eu, não escrevem como eu, não sentem as coisas da maneira que sinto. E fiquei pensando que eles é que estão certos. Não, eu jamais pensaria que eles estão errados. Eu sempre achei que o errado era eu. E hoje tive a certeza disso olhando para aquelas duas apresentadoras lindas e impecáveis. Não há nada que eu possa fazer. Não há nada que eu queira mudar. Talvez eu tenha sorte de levar essa vida torta. Ou talvez não. Talvez eu esteja mesmo desgraçado. O que eu entendi é que cada um deve levar a vida do jeito que é possível, do jeito que ela nos é presenteada. Ninguém está certo ou errado. Você só tem que escolher de que lado da estrada quer ficar. Eu já escolhi há muito tempo. Não é o melhor lugar. É só onde eu posso ficar. Onde consigo me sentir bem-vindo. Onde ainda posso escrever a minha história sem que algum merda de revisor venha adulterar as minhas falas aparentemente sem sentido. Talvez eu permaneça sozinho por aqui, como agora, ainda insistindo em escrever a respeito disso apesar do estado alcoólico e sonâmbulo em que me encontro.

Mas isso não é realmente importante. O importante é que agora eu vou dormir tranquilo. Assim como aquelas duas lindas apresentadoras chegarão em casa, beijarão seus maridos e dormirão sossegadas e realizadas às 10 da noite para estarem previsivelmente impecáveis às 6 da manhã do dia seguinte nos contando sobre o trânsito, sobre o Temer e ataques terroristas e previsões meteorológicas. Em algum momento todos iremos descansar. Por alguns minutos, algumas horas ou de uma vez por todas. Vamos só aproveitar o tempo antes que o tempo acabe com todos nós. E ele vai acabar. Mais cedo ou mais tarde. Só isso é certo.

Não se assuste. A vida não pode ser programada. Ela não é simplesmente miséria e ausência de gravidade. A vida é não se cansar da paz. Não há nenhum mérito em se dar mal. Mas não é nenhuma vergonha. Eu não espero que você concorde comigo. Manhãs ainda podem ser luminosas, mesmo se o seu coração for sequestrado pela tempestade. Você ainda pode pagar pelo resgate.

35 dias e três horas

Tenho assistido muitos filmes cujo tema é, por mais que não se assuma isso, a redenção. Alcoólatras e drogados se recuperando. O tal do *"estou há 35 dias e três horas"* sem beber. Os personagens são bacanas, inteligentes, carismáticos, apaixonados e apaixonantes. Mas todos eles carregam o mal em suas vidas. Eles são dependentes de drogas ou de álcool. Mas não há com o que se preocupar. No final, eles irão se recuperar. Vão parar de beber e se drogar e vão enfim se reintegrar à sociedade. E só assim eles poderão ser admirados de fato. E poderão merecer o amor de suas vidas e poderão então merecer uma vida "digna". Não estou aqui dizendo que não é bacana parar de usar drogas ou beber (se essa é a intenção). É claro que é bacana. Drogas e álcool fazem mal. Convém se manter longe deles. Assim como convém a todos se manter longe da maioria esmagadora dos programas de tv. Assim como convém se manter longe de qualquer religião. Assim como convém se manter longe de pais que tentam enquadrar seus filhos em suas expectativas. Assim como convém se manter longe de filhos que tentam de alguma maneira reeducar seus pais de acordo com suas expectativas moralistas. Assim como convém aprender a conviver com solidão, desamparo, falta de amor ou amizade. Afinal sempre poderemos contar com a "falta de". Até para que a surpresa seja algo que realmente nos mobilize e nos encha de real e genuíno ânimo. Assim como convém se livrar de todas as muletas que servem como desculpas para nossas vidas não estarem caminhando com suas próprias pernas. Tudo o que causa dependência é nocivo. Já vi muitos amigos se foderem feio por causa de álcool e drogas. E não desejo isso pra ninguém. Mas vejo todos os dias pessoas se fodendo por uma série de outras dependências que são inclusive louvadas pela maioria das pessoas que conheço. Como se fosse louvável ser dependente de um emprego de merda (só porque ele garante o nosso sustento e nos torna qualificados para que façamos parte do que chamam de sociedade) ou ser dependente de um casamento falido ou de uma religião castradora ou de uma vida francamente inútil. Cansado da redenção. Me colocando ao lado dos que não se rendem (até parece que já estive em outro lugar), daqueles que não têm ansiedade de voltar à tona, mesmo que o oxigênio esteja no fim e que os tubarões estejam fechando o cerco. Dos que não têm pressa de ver a luz do sol e que não querem fazer parte do cardume que vai cair na rede. Vontade de simplesmente dizer *"estou há 35 dias e três horas"* sem ser um grande filho da puta. Com ninguém. Mas principalmente comigo mesmo e com aquele garoto cheio de espinhas recém saído do campo de futebol que um dia se olhou no espelho, sorriu, e pretensiosamente achou que ia crescer e marcar o seu lugar no mundo. Porque o mundo pode até perdoar. Mas esse garoto tem uma responsabilidade muito grande consigo mesmo. Se ele um dia teve, nunca é tarde pra recuperar. 35 dias e três horas sem mentir pra mim mesmo.

Não somos nada daquilo

Conversava com amigos agora há pouco (todos artistas) e a gente tentava refletir sobre as expectativas que as pessoas no geral têm com a gente. As pessoas esperam que os artistas correspondam às suas expectativas. Elas te veem num palco e criam expectativas. É normal. Mas é um puta erro. Nós não somos nada daquilo. Nós apenas estamos enganando da melhor forma possível. E é isso que nos faz artistas. Quando eu faço uma peça, ensaiei para aquilo, cada respiração, cada marca. E eu sei qual a exata reação que virá do outro. E isso nos deixa muito seguros. Na vida não é assim. Nós nunca sabemos o que pode acontecer. Você pode falar algo e a outra pessoa não vai gostar e vai reagir de uma forma que você não consegue lidar. Eu sou um cara muito seguro quando estou em cena, de tudo o que faço, porque sei exatamente o que vai acontecer. Eu conheço a réplica. Na vida real, sou inseguro pra caralho. Sou muito tímido. Nunca consigo me socializar direito. Não fico à vontade recebendo elogios (o que pode parecer arrogância), não fico à vontade recebendo críticas (o que pode parecer prepotência).

Não consigo ficar à vontade na vida real. Sou totalmente avesso a convivência. Quando desço do palco, fico achando que eu jamais deveria ter feito isso. Saí da minha zona de segurança. É claro que o álcool me ajuda um pouco. Consigo vencer algumas barreiras de minha total inadequação. Mas às vezes, animado pelo álcool, faço alguma brincadeira porque não sei mais o que fazer para sair dessa situação incômoda. E a outra pessoa geralmente não gosta da brincadeira que faço. E sempre acho que estou no lugar errado, que não devia estar ali, que devia estar na segurança da minha casa, atrás de um teclado de computador que é um dos poucos lugares onde me sinto realmente seguro. Então a pessoa te vê no palco gritando, chorando, fazendo rir e pensa: *"Olha só esse cara. Ele é muito foda! Gostaria muito de conhecê-lo"*. É um erro que vai inevitavelmente causar uma imensa decepção. Nós não somos nada daquilo. Eu nunca sei como me portar na frente das pessoas. Nem quando gosto da pessoa. Ou quando quero fugir porque antipatizei com a figura. Sempre fui antissocial, o que pode parecer uma tremenda falácia, já que converso com todo mundo e procuro ser o menos desagradável possível, Mas a verdade é que não estou à vontade. Quando canto com nossa banda de rock, também pareço estar muito seguro, mas é claro que não é verdade. Estou protegido com meus amigos de banda, embaixo de luzes e geralmente de óculos escuros, simplesmente porque não quero ver ninguém. Às vezes por trás dos óculos escuros, ainda estou cantando de olhos fechados. Não quero ver se as pessoas estão dançando, se divertindo ou se estão me olhando criticamente. Então acho que também estou interpretando um personagem que está ali, cantando. Um personagem que é muito melhor do que eu sou na vida real. Sempre é melhor. Mesmo que o personagem seja um grande filho da puta. Mas mesmo assim ele é um filho da puta com muito mais talento para a convivência do que eu jamais poderei ser. Nunca consegui dizer para as pessoas que amo o quanto gosto delas. Nunca consegui conversar direito com uma mulher que acho interessante. E sempre reagi de maneira errada às melhores situações que a vida colocou na minha frente. Então não criem expectativas a respeito de pessoas como nós apenas porque leram os nossos textos, ou nos viram interpretando um personagem ou cantando em uma banda de rock. Nós não somos nada daquilo. Ou se somos pelo menos um pouco daquilo, estamos sempre muito longe de corresponder a real expectativa que criaram a nosso respeito. Somos e iremos morrer assim. Apenas crianças, não entendendo direito o que estamos fazendo por aqui. Crianças imaginando que alguém vai nos salvar. Crianças esperando que alguém nos diga: *"Vai ficar tudo bem"*.

Crianças que se escondem atrás dos personagens porque não sabem como agir na vida real. Então não vai ficar tudo bem. Não, não vai. Nós estamos velhos demais para ainda acreditar que vai ficar tudo bem. Por isso nos escondemos atrás da segurança que os nossos personagens nos oferecem. Os personagens que nos ofereceram ou que nós mesmos criamos. É o que nos salva. E nos condena. Não se enganem. Também nos condena. Estamos há muito condenados. E saber disso também pode ser um alívio.

Isso é só o que nós temos

Tenho um bar. Com meus sócios. Tenho um teatro que só existe porque o bar existe e consegue manter o teatro. Gosto de ficar no bar ouvindo minhas músicas e bebendo com meus amigos que costumam ser ótimos. Mas às vezes eles simplesmente passam do ponto. Eles devem ter os problemas deles. Eu entendo. Só não quero que as coisas cheguem a um ponto que não há mais como reverter. Eu já passei do ponto várias vezes. Eu entendo muito bem disso. E então eu fujo. Eu fecho o bar. E eu fujo. Fujo dos meus amigos. Não tenho vergonha de admitir que fujo. Hoje não tenho problema nenhum em admitir que fujo. Quando percebo que está passando do ponto, eu fujo. E faço de conta que vou pra casa. Mas eu não vou. Não, eu não vou. Eu acho um bar, desses fim de linha. Com *jukebox* tocando música sertaneja muito alta. O que eu podia esperar? Um bar tocando Tom Waits? Mas aí eu compro umas fichas e escolho algumas músicas. Nada de Chet Baker ou Coltrane ou Buddy Guy. Isso não existe na *juke* desses bares. Mas tem 14 Bis, Belchior, Chico Buarque. Ah, tá tudo certo. Tem até *Pai* do *Fábio Jr.* E eu posso ficar bebendo em paz. Não há nada que pague esse tipo de paz. A pequena frequência do bar não parece aprovar muito minha seleção. E eles se levantam e vão embora. E eu fico. E quando o dia amanhece, volto pra casa com um pedaço de pizza fria que o Adriano Carnoto trouxe pra gente ontem à noite e que sobrou e que eu tava levando pra casa. Na portaria do meu prédio trombo com um *homeless* que quer dividir o Corotinho dele comigo. Eu recuso educadamente. Não, eu não vou encarar esse Corotinho nesse momento. Eu tenho meus limites. Mas ele parece ter ido com a minha cara e insiste que quer beber comigo. É só o que ele tem. E ele quer dividir comigo. Fico naturalmente emocionado com a insistência dele. Pergunto se ele está com fome e se quer a pizza que estou levando pra casa. Eu tava levando para comer quando acordasse. Com café. Adoro comer pizza fria com café quando acordo. Ele diz que tá com fome e que quer a pizza. Eu dou a pizza pra ele. Ele sorri e volta a insistir em dividir o Corotinho comigo. Eu sorrio tristemente e digo pra ele:

"Brother, isso é só o que você tem."

Ele responde com um sorriso bem melhor que o meu.

"Não, Irmão. Isso é o que nós temos."

Qualquer silêncio pra mim é discurso

As pessoas demoram para entender que não é necessário explicitar o que sentem. Chamar pra um canto, telefonar, mandar mensagens, porra nenhuma. É só o jeito de olhar, a maneira como evitam o seu olhar ou o jeito que evitam que você se aproxime. O jeito que não querem que você interfira. Não que elas digam isso textualmente. Isso não é necessário. É só jeito que elas te repelem. Com sua respiração, com seu desdenhar subterrâneo. E aí você vai se encolhendo num canto do quarto, da cama, da mesa do bar. E é claro que isso não é bom. É só um jeito de sair menos humilhado do meio da multidão. É só um jeito de tentar acreditar que você não merece ser jogado dentro do freezer, esquecido, com os documentos recolhidos pelo dono do bar que você tem sorte de ainda ser amigo seu. E no dia seguinte ele vai ligar e dizer de maneira quase burocrática: *"Ei, venha buscar suas coisas aqui no bar"*. E eu respondo: *"Ah, elas tão aí?"* Mas aí as pessoas que você amava já estão longe, em algum lugar seguro, com pessoas com quem elas se sentem seguras, ou pelo menos tentam acreditar que estão seguras. Não, porra. Ninguém está seguro. Somos todos insetos pisoteáveis, desprezíveis e ignorados quando trata-se da escalação do novo elenco. E esse novo elenco não vai ganhar porra de prêmio nenhum. Estamos todos derrotados, destruídos e descalibrados. Se eu acreditasse em felicidade eu diria: *"Calma, caralho, só vai piorar"*.

Pra que tudo fique mais leve

"Estou levando uma vidinha mansa no Bar do Mike o dia inteiro / sacando os campeões de bilhar do Salão do Dante e os viciados em fliperama".

Sempre que tô meio ferrado e sem perspectiva, sempre que me encontro acuado e deprimido, sempre que não vejo saída, começo a falar baixinho esses versos do grande Lawrence Ferlinguetti do genial poema "Autobiografia" que tem entre seus versos pérolas como *"Sonhei que todos os meus dentes caíram / mas a língua sobreviveu para contar a história / Porque sou um silêncio poético. Sou um banco de canções. Sou o pianista de um cassino abandonado / numa colina à beira-mar / em meio ao nevoeiro / mas sempre a tocar".*

Então imediatamente fico com vontade de sentar em um bar com cadeiras na calçada e ficar bebendo uma cerveja no fim da tarde, em paz. Esquecer os compromissos como em outro poema do Ferlinguetti em que ele diz *"vamos, venha, vamos / tirar tudo do bolso e desaparecer. Faltar a todos os compromissos e só voltar de barba grande anos depois".*

E assim se evita pensamentos ruins, suicídio e anos de terapia.

E não é que eu fico feliz. Mas eu fico em paz. Não é preciso muito. Cada um deve encontrar um jeito de deixar a vida mais leve. Porque ela pega pesado demais. E se a gente for revidar na mesma intensidade, vai fazer um estrago do caralho para ambos os lados.

Então eu prefiro ficar no bar no fim de tarde, ouvindo no meu *walkman* imaginário os primeiros acordes de *When the music stops* da banda Blue Jeans. Eu usava essa música para receber o público na minha peça *A Frente fria que a chuva traz*. Então teve uma vez que eu tava bem pra baixo mesmo, achando que não tinha saída. Eu tava no *Rio de Janeiro* fazendo a peça. E aí fui lá pra arquibancada sentar sozinho e fiquei ouvindo a música que tava tocando antes do público entrar. E a porra da música me trouxe uma paz filha da puta. De lá pra cá, sempre apelo pra ela.

Hoje acordei e antes mesmo de fazer café e ler todas as mensagens com notícias ruins na minha caixa de *e-mails*, comecei a falar baixinho os primeiros versos do poema do Ferlinguetti. Sempre funciona pra mim.

Evita indisposições estomacais, vontade de dar conselhos e fascínio por lugares altos onde o ar é rarefeito e você sente uma estranha vontade de fazer como Gerhard Shnobble, aquele personagem do velho *Eisner*.

Talvez o que a gente precise é realmente isso. Essas distâncias involuntárias. Essas pontes que você não quer atravessar porque minutos atrás você podia jurar que viu uma sombra se avolumando atrás de uma árvore. É um segredo que você não quer dividir com ninguém. É você desistindo de lutar deixando o adversário atônito em cima do ringue e simplesmente descendo de lá enquanto a plateia sequer se dá ao trabalho de vaiar. Entrar sozinho no vestiário, tirar as luvas enquanto o treinador pergunta absurdado o que aconteceu. Talvez não tenha acontecido nada, nenhum fato concreto ou um acontecimento transformador. Mas você não vai conseguir explicar. Pode até parecer terrível. Mas se você tiver a manha de averiguar o que vem acontecendo nos últimos anos, vai achar perfeitamente natural.

Motivos e pessoas saudáveis

Tem muita gente saudável no mundo. O motivo que me leva a andar por aí. Que faz com que eu releve os meus amigos que aceleram. Porque eu sempre relevo. Saio da mesa, é claro. Não sou obrigado. Mas eu relevo. E ando por aí. Tem muita gente doente por aí. Mas também tem muita gente saudável. Saudável demais, tô querendo dizer. Gente que faz com que eu me sinta muito doente. E então vou pro fim da fila e peço um copo de leite e um pão na chapa. O caminhão desceu a ladeira rosnando como um rinoceronte maluco e eu dei graças a Deus por estar ouvindo The Black Keys. Dei graças a Deus. E fui andando pela rua. Os motivos? Os mesmos que te fazem ficar em casa abraçado com sua namorada. Os mesmos que te fazem imaginar que a vida é você voltando da escola quando tinha 8 anos de idade. Vou te dizer, *brother*. Se é, roubaram seu lanchinho na saída e te cobriram de porrada. Teu uniforme tá todo sujo de terra e até um pouco de sangue e agora você vai ter que inventar uma mentira bem convincente pra sua mãe. E vou descendo a rua pensando em motivos e pessoas saudáveis. E me acontece um troço muito esquisito. Tem esse caminhão descendo a ladeira. Independente de eu chegar em casa ou não, já me sinto doente o suficiente pra começar a odiar todas as pessoas saudáveis. E só esse ódio todo já poderia ser considerado uma doença. Ainda bem que estou na rua e posso comemorar. Sei que meu ódio é só uma ideia e *Saúde* é só uma música da Rita Lee.

Balada a beira do abismo

Com certeza faltei na aula mais importante. Logo eu que era um entusiasta da velha máxima *"Odeie antes a si mesmo"*. É que se tem demônios no pé, eu chamo pra comer num McDonald's, não sou de bater a porta na cara deles. Só vou torcer para que eles tenham uma bela intoxicação. Você pode chamar os caras de *garotos perdidos,* mas isso é de uma época em que ainda era possível encontrá-los andando em bandos (o que significa mais que dois – que eu saiba esse número configura apenas uma dupla) mas se você apurar os ouvidos é possível ouvir o índio louco cantando tristemente a extinção desses caras que foram cada vez mais empurrados para um desvio da estrada. Há que se suprir as necessidades deles. Não sei o que vocês andaram ouvindo por aí, mas esses caras não fazem o gênero *vou guardar a página de esportes pra ler no banheiro,* tão ligados? Você não vai encontrá-los chorando qualquer tipo de abandono. Eles sabem que a cidade deu um jeito de excluí-los e agora eles estão parados na esquina, esperando uma informação que não vai chegar. Santos não respondem nenhum tipo de oração. Desertores só tocam a mesma nota no piano. Homens ficam sozinhos e excluem do seu cardápio de possibilidades qualquer tipo de fuga. Do meio da névoa deve sair um garotinho que mesmo de olhos fechados sabe exatamente pra onde deve ir.

Gosto de sangue

Dois garotos entram armados em um shopping e promovem uma chacina (*Cold Case*). Três garotas estão de férias, encontram uma outra que alicia pessoas para sessões de tortura numas de satisfazer ricaços perversos (*The Hostel 2*). Um sujeito que pregava a paz e a igualdade entre as pessoas é torturado e crucificado com requintes de selvageria e sadismo (*A Paixão de Cristo segundo Mel Gibson*). Sangue escorrendo da tela da TV. Parece tudo muito exagerado? Triste descobrir que não. Há perversão demais no mundo. Não é difícil atestar isso. O sujeito que incita a multidão à tortura é um membro bem quisto na sociedade. O cara que dá lances no seu *palmtop* pela garota que quer torturar é um *zeloso* pai de família que cuida com excesso de mimos do seu filho no carrossel. Os garotos que promovem a chacina são de *boa família* e sem motivos aparentes para sair dos eixos. Creio que tudo passa pela aceitação ou negação total de Deus. Eu creio? E isso é um avanço ou retrocesso? Minha alma católica parece querer aproveitar ao máximo o passeio de esqui. E entenda que eu não tenho nenhum padre como instrutor.

Tô cansado de instrutores e fazedores de leis. O ódio provém de uma total aceitação a regras impostas por sujeitos que pareciam saber o que estavam fazendo. E eles pareceram sempre preocupados com o nosso bem estar. Eles pareciam saber o que era melhor pra nós. E isso começou lá nos *Dez mandamentos*. E foda-se. Você aceita ou aceita. Caso contrário, você vai pra casa e janta com sua família e ri com sua filhinha e dorme sem nenhum pesadelo, mesmo sabendo que passou a tarde inteira apertando testículos ou fritando algum infeliz. Há perversão demais no mundo. Há maldade, ódio e sentimentos ruins em excesso. E escrever sobre eles não faz exatamente muito bem. Mas não me disseram que havia outra coisa a fazer. Ou vai ver eu não quis acreditar. Há desespero demais no mundo. Mas há um restaurante quase vazio perto da minha casa. Há um livro de Cormac McCarthy onde um garoto olha nos olhos de um índio e se vê refletido nos olhos dele. Há uma taça de vinho e ainda há pessoas que você ama espalhadas por aí. Há um milagre esperando para acontecer. Em algum lugar do mundo, ouvi dizer que ainda há paz.

Um Charleston triste sobre cruzes tortas

Tem alguma coisa que não se explica, alguma coisa que talvez esteja no fundo dos olhos ou em algum abismo interno cheio de esqueletos de almas descuidadas que agora apenas ficam por ali cantando canções candidatas a *hits* de funerais. Em algum momento há o inevitável fastio. Hunter Thompson dizendo que já tinha vivido dez anos além do que precisava, ou o velho Hem andando em direção a hélice de um avião, ou Kerouac bebendo até o seu fígado derreter. Precisamos ter motivos pra continuar. Todos os dias. Talvez por isso eu fiquei insistentemente reiterando a minha profissão de fé. Porque acho que é o que eu costumo fazer sempre. Esse negócio de me orgulhar das minhas escolhas mesmo quando me arrependo delas (santo paradoxo). Talvez seja só isso que faça com que nos tornemos ilusoriamente imortais e capazes de dançar sobre nossas covas e sobre as cruzes tortas que inevitavelmente irão adorná-las.

Trilhos
ou
Pequena balada para enaltecer derrotados

Quando garoto voltava da escola para casa pela linha do trem. Eu e outros da mesma espécie. E tinha essa brincadeira. De ficar esperando o trem. Quando ele vinha, ninguém pulava fora da linha. Você podia sentir o dormente debaixo de seus pés. Ele tremia como um liquidificador velho. E ninguém podia pular fora. Ninguém queria pular fora. Quem pulasse primeiro seria tirado de *bundão* e *maricas*. Quem pulasse por último, era o mais corajoso. Geralmente depois que o primeiro pulava, os outros tratavam de pular rapidamente. Ninguém queria ser o *bundão*, mas tava todo mundo se mijando de medo, só esperando o *bundão* autorizar a nossa covardia. Eu gostava de pular por último, não porque queria ser considerado o mais corajoso, o mais fodão, nem nada disso. Mas eu gostava da sensação de pular no último segundo. De sentir a morte se aproximando e você irresponsavelmente permitindo. E então, no último segundo você escapava. Era possível driblar a morte. Eu gostava disso. Não da proximidade da morte. Mas da sensação de perigo, de saber que tudo podia se perder em um segundo. Você sente o cheiro de bacon vindo da lanchonete e você entra e se senta em um dos bancos no balcão. Você olha comovido o cara na chapa fritando o bacon. O seu olfato te traiu. Você sequer está com fome. E você não quer explicar a atração. O perigo tem essa atração, do bacon sendo fritado na chapa, por mais que você não precise necessariamente comer aquele bacon. Você foi fisgado e às vezes é só isso. Se envolver com a mulher que você sabe que é uma encrenca (mas você vai deixar de se envolver?), apostar no cavalo que você sabe que é um azarão, blefar na hora errada porque ninguém em sã consciência blefaria naquele momento tipo *ele não pode estar falando sério*. Tem gente que nasceu pra perder, o que não significa exatamente *perder*. Significa apenas não ficar mal acompanhado. Tem gente que não se sente à vontade sendo aclamado e ficando na base mais alta do pódio. Na verdade, pular por último da linha do trem não significava ser o mais fodão ou o mais corajoso. Significava ficar mais perto da derrota. Mais perto dos da sua laia. A sensação de perigo é muito próxima da sensação de se sentir derrotado. É só o cheiro do bacon. O prazer de não pertencer. De deixar sua raia vazia. De sair andando sem olhar para trás. De deixar o trem seguir o seu caminho. Afinal nós sempre fomos instruídos a andar na linha para que chegássemos a algum lugar. Desde que éramos garotos com oito anos de idade voltando da escola. E se a gente não quiser chegar a lugar nenhum? Por que merda temos que chegar a algum lugar? A gente saltava fora da linha. Nem que fosse no último segundo. A gente queria continuar. Mas não com o destino definido. Pessoas com destinos definidos nunca me pareceram instigantes. Há um gosto contraditório de vitória na derrota. Principalmente se você sabe que o mundo costuma ser dos vencedores e você não se sente parte desse mundo. É um mundo de bajuladores de vitoriosos. Há uma super valorização de vitoriosos. De pessoas que ganham mais dinheiro ou que são mais bonitas ou que aparecem mais constantemente nos jornais e capas de revistas ou que tem mais *views* no Instagram. Enfim, talvez seja um tipo de vitória não querer fazer parte. Eu sabia que ainda teria muitas derrotas para viver. E queria viver cada uma delas. Ou paradoxalmente falando, não queira perder nenhuma de suas derrotas. É um jeito de se sair vitorioso.

Se não conseguimos entender que estamos fadados à derrota, não estamos preparados para os revezes inevitáveis que os deuses nos reservaram.

* * *

O *Brother* chega pra você e fala: *"Se você tomar essa droga, você vai se encontrar."*
   "Com quem?"
   "Com você mesmo."
   "Caralho. A última pessoa que eu quero encontrar é comigo mesmo. Será que não tem uma droga que faça eu me encontrar com a Cindy Crawford?"

* * *

Na verdade a impressão que tenho é que homens e mulheres querem se estraçalhar de amor, mas de maneira muito incompetente se estranham e se afastam como continentes divididos por paliçadas intransponíveis.

* * *

Cada dia que passa, eu percebo que a discrição (até mesmo mais que a honestidade, personalidade, autenticidade, etc que eu também tenho em alta consideração) é a qualidade que mais admiro em um ser humano.

* * *

Não dê amendoim ou uísque aos melancólicos.

* * *

Eu conheço muita gente que não quer exatamente o mal de ninguém. O problema é que elas querem por demais o bem delas.

* * *

Tem dias que eu envelheço tanto que mal consigo levantar da cama. Já pensei em escrever o meu testamento. Sei pra quem deixar o pior de mim.

* * *

Quando eu era jovem, ficava horas de saco cheio olhando para as pessoas no bar, agora que tô velho, continuo olhando de saco cheio para elas, mas fico bem menos tempo.

* * *

Há sabedoria, desperdício e egoísmo em constatar que quanto mais você tem a dizer, menos você quer falar.

* * *

Estou ciente de minha vulnerabilidade. Emocional e física. E isso é bem mais do que um bom homem pode suportar. O que eu não tenho certeza é se sou realmente um bom homem. E isso derruba uma porrada de meias certezas na minha vida.

* * *

Da série *Regras básicas da vida*

Não submeter as pessoas a sua presença se você perceber que a sua presença não é agradável a elas.

* * *

Relaxem. Não costuma ser o que você quer. Geralmente é só o que você pode.

* * *

Amigos se provam nos pequenos gestos. Não é preciso dar a vida por ninguém. Não temos que ter esse Complexo de Tiradentes. O que é preciso é saber olhar. A generosidade está na capacidade que temos em não devastar.

* * *

E quem é que há de negar que esse estado de torpor não nos é superior?

* * *

Foda-se *Dorian Gray*. Eu sou bem mais as rugas de Hemingway.

* * *

Amigo é aquele que fica preocupado quando percebe que você não está bebendo.

* * *

A namorada inconformada:

"*Quando é que você vai crescer? Você se comporta como se ainda tivesse 25 anos. Você tem o dobro disso.*"

Caralho, a gente já envelhece. Ainda tem que crescer também?

* * *

Glauber Rocha já dizia que "*política e poesia é muito pra uma pessoa só*". Eu fico com a poesia, é claro. Eu acredito em poetas, mesmo quando eles mentem. Eu não acredito em políticos, mesmo quando eles falam a *verdade*.

* * *

Não é difícil ter bom gosto. É que é muito fácil ter mau gosto.

* * *

Ninguém nos contou que um dia podíamos ser felizes. Decididamente não estávamos preparados pra isso.

* * *

Não me interessa o que a gente foi. Me interessa o que a gente podia ter sido.

* * *

As mulheres são sensatas. Elas casam com outros.

* * *

A minha cabeça nunca foi um bom lugar para uma ideia morar. Até por isso escrevo tanto. Pra que elas saiam de lá e achem um lugar mais habitável.

* * *

No pôquer, dizem que quando você não sabe quem é o pato, é porque o pato é você. Na vida quando você acha todo mundo muito chato, é porque talvez o chato seja você.

* * *

Quando eu tinha 14 anos, só bebia vinho doce e Cachaça Coquinho. E era fissurado em Dadinho e paçoca Amor. A vida é doce aos 14 anos.

* * *

As pessoas tendem a subestimar o silêncio. Há muito ruído no mundo. Do lado de cá, eu continuo achando que o silêncio ainda vai impedir uma guerra.

* * *

Quando não há mais nada lá. E você, pobre idiota, continua voltando para buscar.

* * *

As pessoas insistem que eu devo ter jogado pedra na cruz. Há algumas noites que eu acredito que dinamitei o *Gólgota*.

* * *

"*Marião, vc* já pensou em se matar?"

Eu: "*Nunca!*"

"*Mas, caramba. Você parece sempre tão desesperançado, tão triste, tão pessimista em relação a vida...*"

Eu: "*Pois é. Eu acho que o cara que se mata é porque tinha alguma esperança e perdeu, tipo o mundo dele ruiu, tá ligado? Eu nunca tive esperança nenhuma, sempre soube que é essa merda mesmo. Logo não tenho motivo nenhum para querer me matar. E inclusive de vez a quando a vida até me surpreende. E eu gosto de esperar por esses momentos raros.*"

* * *

Hoje me disseram que a vida é uma só. Fiquei estupefato com essa revelação. Então respondi: "*Por isso que eu não posso desperdiçar comendo vegetais, bebendo Serra Malte ou trabalhando em novela de televisão.*"

Preso nas redes sociais

O sofrimento e a felicidade compartilhados a espera de *likes* e *views*. A necessidade que temos da aprovação de nossos sentimentos em relação ao mundo e ao comportamento dos nossos amigos. Talvez estejamos testemunhando a falência da psicanalise como método de investigação e cura. Ou talvez estejamos apenas nos enganando com uma eficácia que ainda não conseguimos sequer diagnosticar. Talvez o abismo esteja à distância de um foda-se. Ou talvez estejamos a ponto de receber a manumissão que nos foi prometida no artigo 1 da declaração dos direitos humanos, especificamente na parte que se refere a razão e consciência. Seja para nosso sucesso redentor ou fracasso irreversível, as redes sociais parecem estar cumprindo um papel fundamental. Como mero especulador, não ouso sequer prever as reais consequências. Fico refugiado num canto do balcão entre o espanto e o deslumbre.

Das coisas que aprendemos ao longo da vida

Nos grupos as pessoas que tomam a palavra, que se manifestam com mais frequência e que monopolizam as discussões em geral são as que tem menos a dizer, sempre redundantes e com opiniões óbvias e bocejantes inibindo aqueles que poderiam ser realmente responsáveis pela propagação da chama incendiária do novo, do não dito, do não estimulado. Não confio em grupos de pessoas e em líderes falastrões. Sou fascinado por pessoas quietas e sem ansiedade de manifestarem suas opiniões. É só pensar que no velho oeste, o cara quieto e solitário no canto do balcão bebendo sua dose de uísque como se estivesse alheio ao resto do mundo, era sempre o mais perigoso.

Sexta à noite

As pessoas parecem felizes. Ou parecem se enganar que estão. Eu não vejo nada de errado nisso. Aliás, acho bastante legítimo. Não há nada demais em fazer de conta que está tudo bem. Para deixar a sua vida e a dos que estão por perto menos pesada. Aprendi a responder "Tudo bem" quando perguntam como estou. É só uma pergunta retórica, educada. Manda logo aquele seu melhor sorriso canastrão e encerra logo o assunto. Já falamos demais dos nossos problemas nas redes sociais, como se eles fossem realmente importantes para quem está só passando por lá. É sexta à noite. As pessoas só querem se divertir. Ou mentir para si mesmas que estão. E não vejo nada de errado nisso. É preciso tirar férias de nós mesmos. Da nossa propalada personalidade que após o advento das redes sociais, já não é mistério para ninguém. Somos melancólicos (que poético!). Somos divertidos (que legal! Sou legal!). Somos felizes, temos os melhores amigos do mundo. A família mais compreensiva, os filhos mais bonitos e amáveis (que sorte a nossa!). Viajamos para os lugares mais lindos (morram de inveja). Ou é isso ou somos as pessoas que desprezamos tudo, que nos achamos os melhores. Optando pelo partido político que vai salvar o país (e todos que não concordarem com a gente são uns imbecis), que nos alimentamos com a comida mais saudável, que assistimos os filmes certos, que ouvimos as melhores músicas. Todos os outros carregam o estandarte do mau gosto. Todos os outros estão errados e não podem e não devem interagir conosco. Se eles não entenderam que estão errados, então eles não merecem a nossa companhia. Vamos brincar de deuses onipotentes distribuindo as tábuas da lei para os desinformados. O problema é que isso não é brincadeira. Estamos nos forjando deuses. E quer coisa mais assustadora que um deus que se julga onipotente? Sexta à noite é o dia da mentira fora das redes sociais. É o dia em que estamos todos bem. E queremos que todos saibam disso. E que curtam a nossa felicidade. E que compartilhem a nossa felicidade. É o dia de não prestar atenção ao que realmente acontece. É o dia de esquecer. O dia da mentira necessária. Afinal precisamos nos sentir bem. Não vejo nada de errado nisso. Eu estou bem. Ah, eu tô muito bem. Acreditem em mim. Por favor, acreditem em mim. Eu preciso da compreensão e da conivência de vocês. Prestem atenção no calendário. É sexta à noite! Divirtam-se. E se for uma mentira, vai ser só mais uma. E essa é repleta de boas intenções. Alguém já disse que o inferno tá explodindo delas.

Vaya com Dios

Sempre que eu vejo um amigo indo embora, tenho essa mania de ficar torcendo em silêncio para que ele chegue bem em casa. Eu penso que é um bom jeito de rezar.

Eu sempre penso nisso. Sempre quero dizer isso. *Vai com Deus.* Eu sempre quero falar isso para alguma pessoa querida que está indo embora. Não tem nada a ver com carolice ou catolicismo, nada disso. É só um jeito de desejar que aquela pessoa que você gosta chegue bem no seu destino e que nada de mal aconteça com ela. Então hoje tava lá no bar e fiquei bebendo com alguns amigos. E depois fui jogar bilhar com algumas amigas. E aí quando elas quiseram ir embora no cu da madrugada, eu chamei dois táxis pra elas. E fiquei esperando lá na frente com elas, afinal não é muito seguro deixar duas garotas esperando táxi de madrugada no meio da Frei Caneca. Quando o primeiro táxi chegou, eu não consegui falar, só me despedi da minha amiga. Aí o segundo táxi chegou e eu fiquei com vergonha. Então só disse: *"Té mais, Menina, Vai di boa pra casa"*. Mas na verdade o que eu queria mesmo era dizer *vai com Deus*, porque foi assim que eu aprendi com minha mãe. Porque é assim que eu acho que funciona. Que merda esse negócio da gente se intimidar. Desse troço simples que é desejar que uma amiga querida vá embora bem pra casa. Estamos ficando todos muito preocupados com o que estamos falando. Estamos todos muito preocupados com o que as pessoas podem pensar de nós a partir do que temos culhão de falar. Estamos nos tornando um bando de cuzões. Eu cheguei bem em casa. E ninguém desejou que eu fosse bem, ou fosse com Deus. Talvez eu nem precise disso. Acho que ninguém precisa. O que nós precisamos mesmo é de mais coragem. De ir com Deus, ou com quem quer que seja. Pelo menos até a esquina. Dali pra frente, se é o Capeta que quer colar, também é sempre possível negociar com ele.

A menina que me fez conhecer o medo

Quando era criança. Ainda bem criança. Eu era um projeto de pequeno inconformado. Bem, eu era criança. E meu pai era pescador. Ele era motorista de caminhão. Mas ele também era pescador. Ele ia todo final de semana pro Rio Tibagi e acabava me arrastando com ele, não porque quisesse me ter por perto. Só fazia parte do seu sistema rígido e estranho de educação. Teve um dia que ele me levou até as corredeiras de bote. Chegando lá, ele me jogou na água. Lembro até hoje da sensação de impotência, da água entrando na minha boca, da perda de folego, do pavor imediato. Tenho certeza que lembro dos peixes desfilando fagueiros na minha frente e zombando do garoto esbaforido e assustado. Eles estavam no mundo deles. Eu, não. Ali era o *shopping center* deles onde tocava o *muzak* que eles apreciavam. Eu era um intruso com uma britadeira e uma camiseta do Motorhead. Eu tinha mais era que me foder. Então de repente, meu pai me puxou para dentro do barco. Eu aprendi a nadar sendo jogado no rio. Eu aprendi a nadar para sobreviver. Eu aprendi a nadar e aprendi a não ter medo. Ou simplesmente ignorar o medo para sobreviver. Dali em diante nunca mais tive medo. Ia pra escola e me metia nas piores brigas. Sempre com caras maiores que eu. E invariavelmente levava a pior. E chegava em casa todo arrebentado e minha mãe me aplicava outra surra. Ela ia ter que comprar outro guarda-pó para eu ir à escola. Mas eu não tinha medo. Eu sabia que se enfrentasse aquele cara maior que eu, ia me dar mal. Mas eu não arregava. Eu simplesmente não tinha medo. Se tinha um trampolim de 2 metros na Rabitolândia em Arapongas, eu tinha que pular do mais alto, com seis metros. O final da tarde ia chegar, a gente ia voltar pro seminário e aquele trampolim não podia me vencer. Simplesmente eu não tinha medo. Mesmo quando levei os tiros e vaticinei o meu fim, não tive medo. Isso não tem nada a ver com *ser fodão*. Tem a ver com uma característica da personalidade que não é exatamente saudável. Ter medo é bom. Ter medo faz com que você evite problemas. Ter medo faz com que você opte pelo caminho iluminado. Ter medo faz com que você evite casamentos errados. Creio que com o tempo fui substituindo o medo que eu nunca tive por uma razoável esperteza que você adquire com a idade. Creio que passei a ter muito mais cautela e com isso caí muito no *ranking* dos que se metem em confusões. Convenhamos, uma temporada em hospitais nunca é algo que deve ser apreciado. Mas hoje é dia 2 de outubro. Uma data muito especial para mim e que me faz lembrar dos meus dias de medo. Talvez os meus únicos dias de medo.

Nós fomos para o Festival de Teatro de Francisco Beltrão. Nós dormíamos em alojamentos com beliches. E nós éramos irresponsáveis. Nós éramos desgraçadamente irresponsáveis. Nós (minha mulher na época e eu) levamos a nossa pequena filha de seis meses com a gente. E ela dormia no alojamento, na nossa cama. E ela estava dormindo comigo na minha cama. Eu devo ter tido um pesadelo. Um desses que eu continuo tendo. Um desses do território do Freddy Kruger. Eu rolei na cama e acordei sobressaltado. Eu estava com o corpo em cima dela. Foi a primeira vez que eu tive medo. Quando peguei ela no colo e percebi que ela estava bem, já havia molhado ela toda com o meu suor gelado. Eu senti uma satisfação absurda quando percebi que nada havia acontecido, mas eu não conseguia sorrir. Eu estava com medo. Há muito tempo não sentia isso. Foi a primeira vez.

Nós estávamos montando a luz da estreia de *Postcards de Atacama* em Londrina e a minha filha estava lá. Ela ficava subindo a arquibancada e descendo correndo. Já havia pedido várias vezes para ela parar. Eu não conseguia prestar atenção nela e na montagem da luz. Em determinado momento aconteceu um *blackout* (que no teatro chamamos de BO que é quando apagamos todas as luzes e o teatro fica totalmente no escuro). E então eu ouvi um grito e um baque seco. Ela havia caído da arquibancada. As luzes se acenderam, corri até lá e ela tava no chão, assustada. Tenho certeza que fiquei mais assustado que ela. Tive uma reação estranha. Primeiro eu briguei com ela tipo *você é maluca? Eu pedi pra você não ficar correndo aqui* para só depois verificar se ela estava bem. Ela era só uma menininha e eu, inepto, estava brigando com ela em vez de me mostrar preocupado, que era o que eu realmente estava. A mãe dela chegou e a levou pro hospital onde verificaram que não havia acontecido nada de grave. A segunda vez.

Eu estava na Mercearia São Pedro. E recebi um telefonema da mãe dela me contando que ela havia sofrido um acidente. O carro que ela tava com amigos tinha batido e ela tava no hospital em Londrina. Aquilo foi assustador. Foi uma das piores noites da minha vida. Eu não conseguia raciocinar. Acabei provocando uma briga desnecessária com minha namorada por conta do estado emocional em que me encontrava. Nós sempre brigamos por não dar conta do nosso estado emocional. É sempre assim. Não consegui dormir durante toda a noite até receber no dia seguinte a notícia de que estava tudo bem. A terceira vez.

Em São Paulo, ela veio me visitar no final do ano. E ficou no apartamento da minha amiga Juliana Gola que tinha ido viajar para passar o fim de ano com a família. Nós combinamos que ela iria pro teatro à noite. O que aconteceu foi que ela não apareceu no teatro. Ela simplesmente não apareceu às onze como combinamos. E nem à meia-noite. Comecei a ligar pra ela e ninguém atendia. Liguei no apartamento da Ju e ninguém atendia. Fui até lá, toquei o interfone. Ninguém atendeu. Pedi para um morador para deixar eu subir e bater na porta. Fiz isso. Ninguém atendeu. Chamei a polícia. Eles subiram lá, bateram na porta insistentemente. Ninguém atendeu. Foi uma noite filha da puta.

De manhã ela acordou e abriu a porta. Simplesmente ela estava dormindo muito pesado. Ela dorme muito pesado. A quarta vez.

Você passa a vida preocupado com seus problemas, com a sua vida. E de repente acontece isso. Uma criança nasce por responsabilidade sua. E faz você enfim se distrair da sua vida. Te obriga a abandonar a mesquinhez que é um patrimônio dos solitários. É o que acontece com os pais. Eles redirecionam a bússola de suas vidas. Há uma multidão gritando lá fora. Sua casa está em chamas. Um maluco canta o hino nacional com a mão no peito. E você está com medo. Não por você. Finalmente não é mais você. É tão importante se libertar de você. Me distrair da minha vida para começar a prestar atenção na vida de outra pessoa. É o que acontece quando você se apaixona. No caso de um filho, chega a ser assustador. Então você passa a ter medo. A se sentir irremediavelmente vulnerável. O medo te salva. Te liberta. E você deve isso a uma pessoa. Finalmente. Com medo.

Que os seus dias sejam tranquilos como essas inesperadas e irresponsáveis manhãs frias de janeiro. Que nossos passos não nos precipitem em direção à janela. Que permaneçamos dançando sem sair do lugar. Um jeito de menear a cabeça como a noite surpreendendo com falsas expectativas de gravidez.

Lonely nights

As pessoas no bar. Ansiosas para falar. Para serem ouvidas. Talvez seja o efeito do álcool. Talvez seja alegria demais. Ou tristeza disfarçada de alegria. Podem acreditar, é o que mais tem. Depois um bar bem mais tranquilo. Só o Harry que é meu amigo. Triste. Sem disfarçar. Me falando da falta que uma mulher lhe faz. Vou de suco de maracujá. Às vezes eu mesmo me surpreendo. Ou talvez seja apenas para ouvir melhor o meu amigo. Sem interferir muito. Nem dar conselhos. Muito menos lhe dizer que direção tomar. Sou péssimo nisso. E nesse assunto, pior ainda. Harry fica bêbado, mais por conta da tristeza do que pelos chopps que tomou. Na frente do bar tenta inutilmente acender o cigarro. Fico parado na porta do carro esperando que ele consiga solucionar o seu novo grande problema. Uma garota olha cúmplice para mim. Ela também deve ter amigos assim. Se aproxima e começa a conversar. É psicóloga. Tipos estranhos e evidentemente problemáticos como meu amigo e eu devem despertar nela o mínimo interesse terapêutico, sei lá. Ela é simpática. Tá esperando um outro amigo que vai lhe trazer um baseado. Descobre quem eu sou. Me revela então que muitos amigos dela falam bem de mim. Me descubro bem quisto. A sensação é boa. Lembro de vezes em que descobri gente que me odiava. Nunca foi bom. Logo eu que não odeio ninguém. Só evito ficar por perto, às vezes. Na volta pra casa, meu amigo vai dirigindo e cantando as músicas do CD que tá tocando. Fico olhando absorto pela janela. Ou talvez prestando atenção demais e disfarçando com um ar canhestro de alheado. Paramos no farol. Um carro para ao lado. Um casal no banco da frente e um cachorro no banco de trás. Ele encosta o focinho no vidro e fica me encarando. Com olhos tristes. Acho que não há quase nada mais triste do que olhos de cachorro quando ele tá triste. O carro arranca. Meu amigo continua cantando. O cachorro vai pra sua casa. Eu vou pra minha. Fico imaginando que na verdade nenhum de nós dois quer realmente chegar em casa. Mas estão nos levando. Quando meu amigo me deixa na porta de casa, disfarço fingindo que vou entrar. Ele se dá por satisfeito e vai embora. Desço a rua e entro no primeiro bar. Uma amiga me liga perguntando se eu cheguei. Minto pra ela dizendo que tô em casa vendo um filme de terror. Ela também se dá por satisfeita com a minha resposta. Em noites como essas, é muito difícil voltar pra casa.

As piedosas mãos sobre seus ombros

Quando eu morrer, espero que minha filha me coloque a minha camiseta do Motorhead, meus óculos escuros e mande logo minha carcaça bêbada para dentro do forno. Afinal quem é que quer um bando de amigos bebendo no seu velório e relembrando histórias do tipo *"lembra daquela festa que ele tava bêbado e mijou na tigela de ponche e ficou gritando EU SEI QUE TEM UÍSQUE NESSA CASA. ONDE VOCÊS ESCONDERAM?"* ou ainda *"e aquela outra vez que ele deu um soco na cara de um segurança na inauguração do Maria Della Costa e os outros seguranças encheram ele de porrada e a polícia levou ele preso?"* Caralho, nem eu lembro disso. Tava bêbado demais pra lembrar. Mas é claro que meus bons amigos vão fazer questão de lembrar. Sempre acreditei que o mais sensato é evitar velórios e casamentos, mas se tiver que ser, então que seja rápido. Pra que prolongar o sofrimento? Mas também não entendo essa solenidade toda que as pessoas tem ao evitar o assunto. Para mim, é como se estivesse falando sobre um filme que pretendo assistir ou como o disco que quero comprar para ouvir sossegado na cozinha da minha casa bebendo uma garrafa de vi-

SOUVENIRS DE GUERRA 65

nho. Ou sobre algo que não tenho vontade de fazer como pular de *bungee jump* ou participar de orgia. É só um assunto como qualquer outro, um dos muitos que me fascinam, simplesmente porque não posso pontificar sobre ele. **Não escrevo sobre verdades definitivas.** Tudo o que escrevo é como se procurasse respostas numa câmara de eco. Depois do texto as perguntas vão continuar se repetindo dentro da minha cabeça. E é por isso que é fascinante ainda poder escrever. Só me interessa como assunto o que não parece ter uma resposta convincente. Ainda me causa um tédio mortal as pessoas que pontificam sobre todos os assuntos como arautos da verdade universal. Há muito tempo eu entendi que estamos nessa vida como nessas pistas (ou gaiolas) de *bumper car*. Por mais que tentemos evitar, o choque será inevitável e não adianta traçar um caminho imperturbável. Não vai funcionar. Então em vez de ficar tentando evitar falar sobre os assuntos, faça exatamente o contrário, fale sobre qualquer assunto sem pontificar sobre nada, viva da maneira mais coerente possível com suas ideias, aproveite, beba e coma tudo que você tiver vontade, transe sempre que possível, viaje e conheça lugares, leia todos os autores que vão te confundir ainda mais (evite os caga regras de verdades absolutas), perceba os feromônios agitados em você ao abrir as páginas de um bom livro, ouça boa música o tempo inteiro e evite, repito, evite as pessoas de olhar consternado amparados pelas malditas *boas intenções* que se aproximam de você, colocam suas piedosas mãos sobre os seus ombros e se achando portadoras de alguma sabedoria que eu, pobre ignorante felizmente desconheço, tem a manha de falar algo do tipo: *Posso te falar uma coisa, meu amigo?*

Ah, não faz isso comigo, pelo amor de Deus, não faz.

Daquelas histórias que você já conhece

É assim. O garoto tem tipo 22 ou 23 anos. (Quer dizer, ele já teve – no passado, quando tudo ainda poderia ser diferente, mas vamos manter no presente por uma questão do cara que tá escrevendo – no caso, eu, achar que é mais fácil narrar assim) Ele é meu amigo. Um dos meus amigos. É fissurado por literatura, música, teatro, etc. Inclusive ele tem talento. Talento de verdade. E poderia ser um ótimo músico ou escritor ou ator... Mas ele acredita (e todos os seus pares também) que se aos 25 anos não estiver ganhando pelo menos um salário de 40 mil reais, já pode se considerar um fracassado. Então ele esquece tudo o que leu de Bukowski, Kerouac, Henry Miller, Garth Ennis e o escambau. Ele ignora tudo o que ouviu de Lou Reed, Leonard Cohen e Tom Waits. Ele acha Marlon Brando um gênio, mas para poder dissertar sobre o trabalho do cara que admira, ele tem que estar fumando charutos Montecristo e bebendo Gold Label. Ele precisa ser um vitorioso. Ele precisa ter o melhor salário, o melhor carro e a melhor mulher. Ele precisa se destacar. E ele consegue tudo isso. Bom, agora ele já não tem 23 anos.

Ele já tá com os seus 40 e alguma coisa. Ele casa com a mulher mais foda. E ele tem lindos três filhos. Mas é claro que ele se torna um puta cara frustrado. Não por causa de sua linda mulher e dos seus lindos três filhos. Mas por conta da frustração dele não ter feito nada do que realmente queria (e podia). Aí ele vê os outrora amigos dele se divertindo suburbanamente e rachando a conta da cerveja e implorando a saideira pro dono do bar. Mas ele não precisa disso. Ele bebe Gold Label e fuma charutos Montecristo. Mas algo está errado na vida dele. A vida perfeita que ele conquistou. Ele precisa de mais. Ele então arruma uma amante. Outra mulher linda. Tão linda quanto a mulher que ele tem em casa e que é a mãe dos seus filhos. E ele se apaixona por essa mulher. Porque afinal essa não é a mulher dele, sabe como é? Tem algo de transgressor nessa vida tão certinha que ele escolheu. E isso preenche sua vida de alguma forma. Mas ele tem muito dinheiro. Então ele viaja para *Paris* e se hospeda no melhor hotel com sua linda esposa. Mas ele se tranca no banheiro do quarto do seu hotel luxuoso, senta na borda de uma banheira de hidromassagem *jacuzzi* e liga para sua amante e troca juras de amor com ela enquanto sua linda mulher soca o controle remoto da TV, entediada. Enquanto isso meu outro amigo que casou com a mulher que ama (e que não tem nenhuma amante porque não vê necessidade disso), mas é um fracassado notório, boêmio inveterado, bebe comigo de madrugada. Ele não está tentando comer ninguém. Ele só tá bebendo com um amigo mais torto do que ele (eu, no caso, que nem sequer tenho alguma mulher bacana me esperando em casa). Então ele atende o celular. Ouço a mulher dizer: *Você tá aí bebendo com aquele seu amigo desarranjado* (ela usa essa expressão para se referir à minha desprezível pessoa – *desarranjado* – caramba) *e não volta pra casa. Você não me valoriza. Só quando me perder é que vai entender.* Ele então diz: *Eu já vou pra casa, amor. Eu tô só bebendo a última. Dá um oi pro Marião.* Ela então desliga o telefone na cara dele. Ele olha pra mim, triste pra caralho. E meu outro amigo sai do banheiro do quarto do hotel em *Paris* e vê a mulher socando o controle remoto. E ele sorri tristemente. E meu amigo que é verdadeiramente apaixonado pela esposa (mas que gosta de beber umas a mais com o amigo *desarranjado*) também levanta, se despede e vai embora. E eu fico sozinho e peço mais uma dose de uísque. Daqui a pouco vai amanhecer. Estamos todos solitários. Eu, você, meus amigos, as mulheres deles (incluindo a amante) e o simpático vira-lata que atravessa a rua nesse momento. Estamos todos muito solitários nessa noite que insiste em não terminar.

Meu santo protetor

Muitos estranharam o fato de eu ter tatuado *São Miguel Arcanjo* no meu braço esquerdo. É que se trata do meu santo protetor. Eu nasci no dia dele (29/09). E se tem alguém que nunca me abandonou é esse cara aí. O General do Exército de Deus. Eu sempre vivi perigosamente e de maneira deliberadamente irresponsável. Até hoje como churrasco grego no centro da cidade. Eu sei o quanto me arrisco todos os dias. As pessoas costumam relembrar o incidente que tive quando levei três tiros em um assalto. Na verdade, aquilo foi um ato de covardia por parte dos bandidos. Eles meteram três balas em mim (sem contar todos os outros tiros que eles erraram). Do jeito que eu tava bêbado, bastava um deles ter assoprado e eu caía. Eles acabaram se prejudicando e mostraram o quanto se tratava de assaltantes sem nenhum preparo no que diz respeito a atividade que escolheram para suas vidas errantes. Se eles soubessem do meu passado comendo churrasco grego no centro da cidade, evadiriam do local assim que me vissem levantar da cadeira do bar como um Godzilla bêbado emergindo das profundezas do oceano. Eles diriam: *Esse é louco. Vai melar o nosso trabalho.* Mas não, tinham que fazer valer o desejo Charles Bronson deles em cima do bêbado irresponsável e aparentemente destemido. Só deu merda pra todo lado. Mas agora que já estou velho, com filha já criada, mais de cinquenta textos de teatro escritos, trocentas músicas e uma infinidade de outros escritos de tudo quanto é natureza, sinto que realmente não tenho mais nada a perder. Então se antes já vivia de maneira perigosa e irresponsável e dando trabalho para o meu infalível anjo, tenho notado que esse desvio suicida de personalidade só tem se acentuado com o passar do tempo. Hoje de manhã, dei provas do quanto não prezo a vida que Deus me concedeu de maneira tão magnânima. Saindo do bar, vejo meu amigo Harry Potter entrar no carro, solitário. Era o único proprietário de um veículo automobilístico. Todos os outros eram pedestres renitentes. Mesmo assim, todos ignoraram o fato de Harry Potter ser o único capaz de conceder uma carona e noto todos aflitos com os polegares em riste em busca de um táxi. Fiquei pensando: *Será que eles não entendem que esse sentimento de rejeição para com o nosso amigo pode trazer consequências traumáticas irreversíveis?* Sim, é claro, Harry estava visivelmente embriagado e recém desperto de uma temporada no Reino de Orfeu que caiu num barril de Rivotril. Mas mesmo assim, não consigo encontrar justificativas no comportamento arredio dos amigos que afoitos buscavam proteção junto aos desconhecidos motoristas profissionais que implacáveis colocariam os seus taxímetros para funcionar assim que eles adentrassem os veículos. Vendo o semblante triste e desamparado de meu amigo, resolvi mais uma vez colocar a minha vida em risco e o meu anjo à prova, e entrei no seu carro me colocando no banco de passageiros. Mais uma vez meu santo protetor se mostrou o mais sério profissional e me manteve a salvo durante todo o trajeto até a minha residência. Dessa vez, inclusive, Harry estava tão melancólico que não tentou me submeter a uma audição de Engenheiros do Havaí como ele sempre insiste em fazer. Me levou até em casa com o *pen drive* numa seleção de Rolling Stones. Antes de sair do carro, ainda prometi mentindo descaradamente, é claro, que torceria para o São Paulo na contenda de hoje contra a agremiação corintiana. Não custava deixá-lo um pouco feliz. Ele ainda teria que dirigir até o seu refúgio na Aclimação. Quando entrei no elevador do meu prédio, fiquei pensando o quanto sou irresponsável e o quanto me arrisco todos os dias. Mas não há muito mais o que fazer. É da minha natureza. Não é a toa que Deus me concedeu um Anjo tão competente. O melhor de todos. Mulheres me abandonaram (justificadamente), amigos me sacanearam e até animais de estimação me ignoraram ostensivamente. Mas esse meu Anjo é o Cara. Os outros podem até caírem do céu de cabeça na esbórnia. Mas não é o caso do meu. Adormeci com um sorriso sacana e grato. Por mais que leve uma vida irresponsável, surpreendentemente ainda gosto de estar por aqui. E se ainda estou, sei muito bem a quem agradecer.

E na madrugada – sequer uma loira gelada pra consolar

Receber notícias ruins na madrugada. Ser acordado com um telefonema e ouvir que seus amigos se meteram em uma encrenca pesada. É sempre terrível. Lembro do tempo que morava com a Rosi em Londrina e o telefone tocou: *Marião, a gente se meteu em uma encrenca aqui no Valentino. Tem uns caras que juraram a gente. Não estamos podendo sair do bar. Eles estão esperando lá fora. É uma renca.* Respirei conformado. *Tá legal, tô indo aí.* Lembro da Rosi perguntando: *Mas o que é que você vai fazer lá? Vai brigar com os caras que querem bater nos seus amigos?* e eu respondendo: *Na real mesmo, acho que vou apanhar junto, né?*

Quando as coisas ainda não pareciam tão trágicas, quando eu ainda era capaz de ficar horas olhando um lustre numa loja de antiguidades da 13 de Maio. Quando limpar o mormaço dos óculos era realmente uma atividade por demais excitante. Quando o pescoço dela se move deslocando seu olhar. Isso faz você perguntar com um segundo de hesitação; mas é isso mesmo que eu quero? Então suas pernas cruzam e descruzam de um jeito deliberadamente *sexy* assombrando minha determinação. Alguém sintoniza na emissora de rádio dos corações destroçados. E só então eu giro a chave e viro as costas. Para ir embora e nunca mais voltar. Às vezes um homem só precisa ter a decência de fugir.

* * *

Você pode vê-la assim, capaz de absorver todo o inverno com sua presença incendiária. Andando pela estrada que leva à igreja, sorrindo para as pessoas paradas em frente às lojas e pequenos bares, esperando anoitecer, e as velhas e fastidiosas conversas de alpendre. O velho de macacão jeans a vê passar e seus olhos a perseguem como se esperassem um milagre. A velha senhora apertando o passo, resgata mal humorada a criança deslumbrada com a primeira e autentica beleza que seus pequenos olhos tiveram a felicidade de testemunhar. Ela some na estrada, embalada por sinos, buzinas e prenúncios de discórdias. Há uma espécie de luxúria permanente no jeito que ela faz suas orações. Hoje á noite, ela vai rezar por você e alguém lá em cima vai ouvir e fazer de conta que não é com Ele.

Há uma tristeza indefinível na bela mulher que volta sozinha para casa de madrugada com seu vestido de noite, descalça e segurando os sapatos de salto. Obviamente me falta coragem para sequer abordá-la e perguntar cavalheirescamente se ela precisa de algo. Mas acima de tudo me sobra respeito. Com minha cabeça fantasiosa de homem também solitário e apaixonado por ruas desertas, sigo acreditando que não há com o que se preocupar. Assim como eu, ela também só precisa ficar sozinha essa noite.

* * *

Eu a conheci há alguns anos. Naquele tempo ela alimentava os vasos de flores e passava trotes noturnos criando situações embaraçosas que culminavam em pequenos e inofensivos dramas. Ela se sentia solitária quando se armava do telefone e soltava risinhos ao final de cada frase, o que deixava o interlocutor ainda mais constrangido. Depois caía no sofá brincando com as pernas enquanto se lambuzava de morango submerso em calda de chocolate. Podemos perdoar quase tudo numa mulher, menos essas labaredas de sarcasmo. Naquele tempo, eu era só distração e histórias em quadrinhos, afundado no velho sofá. Ela era quase tudo o que um homem deseja para cair de vez no abismo. Mas naquele tempo ela se vestia com mais recato. Para minha infelicidade.

* * *

O jeito que ela se movimenta faz um alcoólatra convertido rever sua opinião, faz o beduíno voltar a acreditar em miragens. Ela coloca os quadros em caixas de papelão enquanto checa as mensagens no celular. Avança as faixas do CD, vai até a janela e testemunha melancólica o pôr do sol. Por um momento fica assim, cena de filme independente americano, miragem de fim de tarde, e eu quero acreditar que ela ainda pensa em mim. Deixei duas cervejas importadas no *freezer*, mas a julgar pelo seu sorriso de felicidade ao conferir o celular, acho que vou ter que beber sozinho.

* * *

No álbum de figurinhas da minha memória bêbada, tenho certeza que pedi um táxi há mais ou menos quinze minutos. Ouvi dizer que ela desbrava passagens subterrâneas enquanto busca um santo ou herói que a fertilize. Ela masca Chicletes Adams enquanto desafia os de minha espécie numa pose aparentemente sem compostura, mas que ostenta, mesmo que involuntariamente uma atitude de campeã de *superfight* pronta para demolição da fileira de pedras de dominó a mega edifícios com data de validade no osso. Ela me olha com a dose vital de violência e compaixão. O táxi não vai chegar e talvez eu nem tenha ligado para ele. Seja como for, eu tô ferrado.

Um velho rock and roll

Quando eu estiver velhinho, quero ficar no fundo do bar bebendo o meu uísque devagar. E vai ter uma banda tocando um velho *rock and roll* (na minha vida sempre vai ter uma banda tocando um velho *rock and roll*). E lá pelo meio da madrugada, vou sair do fundo do bar e subir no palco com meus amigos e vou cantar com eles uma dessas velhas canções com minha voz estragada pelo tempo e pelo uísque, mas ainda assim, com alguma técnica e muito coração, alma e bagos. É um jeito bom de envelhecer.

Your song

Tem isso que eu posso te oferecer. Esses movimentos desconexos. Essa inaptidão e esse desconforto de estar. E tem essa canção. E eu não quero levantar da cama porque tenho medo de pisar nos cacos de vidro do abajur que se quebrou na última briga. Tem essa náusea. Tem essa ferida na boca. Tem o sangue pingando na pia e todo o ódio, todo o ódio que não se atenua. Nem com a visão de todo sangue. O ódio que permanece. Que sobrevive. Que resiste. A todas as canções de amor. A todas as bem intencionadas canções de amor. Porque não se enganem, o amor nunca passou de uma boa intenção. Nós ficamos cientes disso depois da primeira rasteira, do primeiro nocaute, do primeiro beijo na lona. Mas ainda assim seguimos acreditando que é possível deixar pra trás. Todo o repertório. Você sabe, as mulheres, os desejos secretos, as noites de bebedeira, os amigos debaixo de jardins floridos. E os aeroportos e estações rodoviárias com suas canecas de chopp e seus *donuts* estúpidos.

E tem as putas. Todas as noites as putas contando suas histórias desinteressantes e suas vidas monótonas de bares esperando uma trepada, um *drink* ou um afago. Esperando um canto aconchegante da cama. Esperando não serem chutadas para fora das camas dos hotéis vagabundos.

Tem esse negócio, esse sentimento cruel que chamam de amor. Marilyn cantando parabéns pro Kennedy. John Fante deixando a cidade depois do terremoto. Hemingway tentando enfiar o garfo na boca. Fitzgerald embebedando Zelda. Celine praguejando a impossibilidade do amor.

E tem essa canção. Graças a Deus tem essa canção. Sobre os barulhos dos automóveis e aviões que pousam ruidosos nos aeroportos. Sobre os latidos dos cães raivosos e sobre os gritos de agonia dos pobres coitados em suas trincheiras.

Tem você sorrindo nas fotos das colunas sociais, abraçada com outros caras. Eu tenho o seu nome no *google* que eu não quero pesquisar.

E tem essa canção que não é o melhor que posso te oferecer. É só o que eu quero te oferecer. Pra que no fundo do salão eu possa ficar de longe te admirando enquanto você dança com outros caras. Caras que eu desprezo com toda a força da minha alma condenada. Eu os desprezo por dançarem tão bem. Por sorrirem pra você com seus dentes odontologicamente perfeitos. Por segurarem na sua cintura com graça e leveza. E nesse momento eu vou poder ir embora. Finalmente vou poder ir. Livre. Pra nunca mais voltar. Eu estaria muito fodido se não existisse essa canção. Obrigado, Elton John.

E ficamos conversando sobre destino, perda, inde-finições e vidros que se embaçam nos períodos mais secos do ano. Porque é sempre assim, né? Em algum momento da noite, você vai receber um telefonema e vai precisar ir embora e não há nenhuma roupa imper-meável que vai te proteger da chuva e dos detritos que caem dos lugares mais inesperados. É sempre assim. Mas ainda temos as grandes cantoras de jazz. Sempre as teremos para nosso infortúnio que tanto persegui-mos por mais que não ousemos admitir.

Anywhere I lay my head

Eu não vou voltar pra casa hoje.

Hoje as mulheres e os homens e os cachorros. Eles querem fazer revoluções. Eles não tem um deus pra quem rezar. Então eles rezam para grampos de papel, para saca-rolhas, abridores de lata e placas de trânsito. Eles rezam assistindo filmes pornôs. E quem me garante que não é possível? Quem afiança o sacrilégio? Não há nenhuma glória na solidão. Não há nenhum heroísmo em capitães que afundam com seus navios.

Eu não vou voltar pra casa hoje.

Eu só respeito os desertores, os covardes que não oferecem a outra face, os abismos, os sujeitos solitários ligando de um orelhão pro próprio celular só pra ouvir ele tocar, os navios que não desistiram de afundar.

Eu só preciso de um lugar pra onde eu queira voltar. O inferno refrigerado que eu gosto de chamar de lar.

Um lugar pra onde voltar. Pode ser um deus, uma fé renovada, uma buceta quente ou um frasco de veneno.

Eu não vou voltar pra casa hoje. Não sobrou nada dela em minha casa que comprove a sua existência, sua passagem amaldiçoada pela minha vida. Eu vou te dizer. Até Lúcifer chorou quando foi expulso do paraíso. Se cagou todo quando descobriu que não podia sair pra dançar no sábado. Quando foi amaldiçoado negociando almas de pastores evangélicos. Quando se descobriu sem lar e sem ter pra onde voltar.

Minha casa tá vazia. Meu coração é um cadáver que não aprendeu a cantar *folk songs*. Que apodrece como a laranja na fruteira. Que efervesce como um Sonrisal que venceu o prazo de validade sumindo no copo de Seven Up. Ela trocou meu coração por uma passagem pra Assunção. E agora eu tô aqui sem ter pra onde voltar, assobiando essa guarânia que ninguém quer escutar.

Então eu atravesso a cidade de bicicleta, passo em frente a casa dela e arremesso poemas e granadas em sua janela. E a mãe dela sai pra rua gritando: *eu sei quem você é. Eu sei onde você mora. Eu sei o que você fez no verão passado e em todas as outras miseráveis estações.*

Eu desço as ladeiras da *Vila Joaniza* com seus trabalhos de macumba, seus silêncios e suas janelas de pensões abandonadas.

Estou disposto a gastar meus últimos centavos nessa viagem sem volta onde eu posso sonhar me lembrando da forma sofisticada com que você me ignorava sentada na primeira classe da sua existência. Então volto acabrunhado para a minha velha classe econômica que não vai me levar para lugar nenhum, o que não faz a menor diferença. Acho que já disse que não tenho pra onde voltar, não disse?

Tem gente que só melhora

Há muitas pessoas que eu conheço e a afeição só se renova e aumenta quando os encontro. Há pessoas que só melhoram. Sempre que eu os encontro, percebo como eles estão melhores, mais disponíveis para a vida, até porque depois de um tempo é crucial que tenhamos a sabedoria de perceber que a vida é mesmo só isso. É o privilégio de escolher as músicas na *jukebox*. E a ordem que as músicas vão tocar. E a cada nova música entender que a vida melhora. Na contramão de todo pessimismo existencialista de todos os livros e escritores que veneramos. Da música triste que faço questão de ouvir nesses dias apáticos e frios, que não é necessariamente a trilha para o que estou sentindo. É você entender que sua história começa hoje. E que essa história vai ser ainda melhor. Porque as pessoas melhoram. E o mundo melhora. Mesmo que todas as evidências atestem o contrário. A verdade fundamental que nós não queremos aceitar. É claro que existem exceções, mas não é disso que estamos falando hoje.

Quando parece que nada aconteceu

Quando era criança, as regras eram rígidas lá em casa. Eu podia ficar jogando futebol no campinho do Jardim do Sol, mas quando tocava o sino da igreja às 18h, eu tinha que descer correndo pra casa, independente de como estava a partida. Caso demorasse pra chegar em casa, minha mãe me aplicava uma surra. Mas teve um dia que o sino tocou e eu desci esbaforido pra casa e aí vi uma cena que nunca consegui esquecer e eu tive que parar e ficar olhando, independente do que aconteceria quando eu chegasse em casa. Era uma velha kombi levando um caixão. A kombi subia lentamente a rua e ao lado dela seguiam não mais que meia dúzia de pessoas que a acompanhavam consternados ou talvez falsamente consternados, sei lá. Na época era incapaz de julgar isso. Fiquei olhando curioso para a pequena procissão que subia a rua. Fiquei pensando que aquela pessoa que estava ali no caixão e que seria enterrada em seguida era uma pessoa de poucos amigos, pois não haviam mais que seis pessoas se despedindo dela. Achei muito triste que alguém passasse pela vida e que tivesse um número tão pequeno de amigos dispostos a se despedirem dela. Talvez ela nem tivesse amigos e aquelas seis pessoas fossem apenas alguns membros da família que resignadas se viam obrigadas a estarem ali, mas que na verdade não viam a hora de a enterrarem logo para poderem voltar a cuidar de suas vidas. Eu só lembro que a cena me deixou muito triste e eu fiquei pensando em quantas pessoas iriam acompanhar o meu enterro se eu morresse naquele momento. Talvez os coroinhas da igreja, a minha família e mais meia dúzia de pessoas. Talvez alguns amigos da escola. Fiquei pensando se alguém sentiria minha falta e se eu tinha alguma importância real para alguém. Lembro que ainda fiquei muito tempo olhando a kombi sumir no fim da rua. Eu não conseguia voltar para casa mesmo temendo pelo inevitável que aconteceria assim que eu colocasse os pés no quintal. Lembro de descer a rua de cabeça baixa e visivelmente desolado por constatar que alguém pudesse ser tão pouco amado.

Porque às vezes é só isso

Você descobrir onde comprar castanhas de Belém do Pará ou açúcar mascavo do jeito que você gosta. Ou descobrir um bar que você tem prazer em sentar sozinho num fim de tarde e beber uma cerveja. Ou onde tem o melhor churrasco grego da cidade. Ou qual é o melhor horário pra você ir ao cinema sozinho e que você pode sentar em uma poltrona sem ninguém por perto comentando o filme. A loja de discos que o cara te atende com um puta sorriso no rosto (porque ele sabe que você vai comprar muitos discos) e já começa a baixar da prateleira o que ele sabe que você gosta, ou seja, todos aqueles discos de rock sulista de uns caras cabeludos e mal encarados ou aqueles de blues de uns negões desdentados. Ou a loja de gibis que o cara te atende te dizendo o que chegou no último mês. Ou simplesmente o fato de você saber que no fim do ano depois de todo o trabalho que você teve, há uma chance, por mais remota que seja, de você simplesmente entrar em um avião e ir parar num lugar distante. Aquele lugar que você admirava em cartões postais ou revistas de turismo. Ou simplesmente fazer uma viagem de volta para dentro de si mesmo e entender satisfeito que você jamais conseguiria trair tudo aquilo que você leu, ouviu e viveu desesperadamente quando jovem. Porque ficar velho às vezes é só isso. Encontrar a sua pátria. Se manter leal. E sábio. Com aquela cara de estúpido que vai enganar meio mundo. E eu espero que engane mesmo. Eu acho que é bem melhor assim, principalmente se você prefere não se explicar tanto.

Mãe é só uma
ou
Evitem lares e prostíbulos

Existe esse fenômeno das mulheres-mães. Não, eu não tô me referindo às mães propriamente ditas, essas amáveis senhoras que nos empurraram para esse mundo estranho e tentaram de todas as formas nos passar uma ideia por mais vaga que seja de que esse era o nosso mundo e que a gente deveria se sentir em casa. Elas nos enganaram, é claro, mas foi com a melhor das intenções. Vejam bem, eu também tive uma mãe e lembro dela me recebendo com um sorriso quando eu chegava ao meio-dia com aquela cara de quem tinha viajado trancado num barril de uísque na terceira classe de um cargueiro vindo de Dublin. Ela então colocava na minha frente um prato de arroz com quiabo e ovo e ficava rindo com benevolência das minhas piadas sujas e do meu humor atravessado. O meu amigo Nelson Peres mora com a mãe num convidativo apartamento na Vila Mariana e de vez em quando a Dona Nadalete (a simpaticíssima mãe do Nelsinho) se encontra entediada, e ela então prepara um ensopado de batatinha com carne moída e obriga o Nelsinho a me convidar pra almoçar, desconfio que apenas para ver o meu rosto se iluminar de satisfação. As mães são adoráveis. Eu estava me referindo antes às mulheres-mães. Essas que começam a namorar um sujeito e resolvem adotá-lo, talvez porque os seus filhos já estejam crescidos e morram de vergonha de mimos exagerados na frente dos amigos ou então porque são frustradas por não terem tido filhos, sei lá. Elas então ligam a todo momento com indagações do tipo *já comeu hoje, amorzinho?* ou *não vai sair nesse frio sem agasalho* ou *você tá comendo muita gordura, cuidado, hein?* ou ainda *você não acha que está bebendo demais?* Que porra é essa? Quem quer uma mulher como essa? Só mesmo algum panaca carente com Complexo de Édipo e que foi mal amado na infância. Pior que isso só mesmo aqueles casais que se tratam por *pai* e *mãe*. Tenho engulhos quando ouço uma mulher chamando o marido de *pai*. É o fim de qualquer possibilidade erótica. É o golpe de misericórdia com machadadas ou golpes de vibrador de metal no que poderia ainda existir parecido com erotismo nessa relação. Então o marido acaba apelando para o prostíbulo. Quer coisa menos erótica que um prostíbulo? Esse lugar estranho e *kitsch* onde meus amigos orientais como hordas de hunos se precipitam esfaimados nos dias que antecedem o final de semana. Um lugar onde a mulher te olha e você pode ver os cifrões nos seus globos oculares como uma máquina registradora destrambelhada e fala algo broxante como: *Ei, tesudo, vamos fazer um amorzinho gostoso depois dessa dose de uísque falsificado que você vai me pagar?* Tesudo? Amorzinho gostoso? Que merda é essa? Meu conselho pra quem ainda quer manter o mínimo de interesse nesse negócio que os romanos praticavam de maneira desmedida antes dos imperadores serem convertidos, é *evitem lares e prostíbulos*. Não há nenhum charme e nenhum vestígio de promessa verdadeiramente erótica nesses lugares. Mais broxante que isso só mesmo bingo, ou um show do Zezé Di Camargo, ou uma partida de bocha, filme do Adam Sandler ou um discurso do Roberto Jefferson, sei lá. O que pode ser menos traumatizante mesmo é você apelar para alguma amiga que está nas mesmas condições que você, opcionalmente solitária. Uma amiga que te conheça e que já está a par do seu jeito hediondo e idiossincrático e até acha graça nisso, mesmo porque ela sabe que não vai ter que te aguentar muito no dia seguinte. Alguém que não te confunda com Henry Miller, que não se proclame dionisíaca e que não tenha altas expectativas em relação à noite e nenhuma ambição de aguentar suas piadas sem graça depois do banho antes de ir retomar sua vida. Mas cabe também um certo cuidado de sua parte. Certifique-se antes se ela tem algum compromisso inadiável por volta das 12h do dia seguinte. É sempre bom se precaver. Amigos, amigos, tardes solitárias são inegociáveis. Mas a verdade é que homens e mulheres tem se distanciado cada vez mais. E muito dessa distancia se deve ao comportamento do tipo *eu sei o que é melhor pra você e pra nós*. Não, ninguém sabe. Eu tento investigar, é claro, para não encher em demasiado o saco de nenhuma mulher que se arrisque a passar algum tempo a mais comigo. Mas eu positivamente não sei porra nenhuma. Homens e mulheres deveriam simplesmente se amar, se possível. Preocupar-se com o outro, é claro, e estar por perto se o outro precisar, se estiver triste e se sua presença puder ajudar com um abraço, uma conversa ou qualquer outro gesto carinhoso, mas o excesso de mimos e desvelo não é agradável. Na maioria dos casos, é insuportável. Não, eu não quero ter outra mãe. A minha morreu quando eu tinha 29 anos e ela é insubstituível.

Os Bortolottos deveriam ser todos canhotos

Também chamam de sinistros, né? Os canhotos. Aquele que opta pela esquerda. O lado que costuma-se dizer que é o *errado*. Na minha família não tem ninguém canhoto. Eu não lembro, pelo menos. O que me parece incongruente, já que somos todos *errados*. Ou seríamos todos *sinistros*? Nós não nos adequamos. Lembro que o apelido do meu irmão era *taciturno*. Minha irmã não é exatamente um modelo de sociabilidade. Não vou pegar pesado com ela. Hoje é aniversário da minha filha, Isabela. Noite dessas eu estava no camarim segundos antes de começar a peça. A minha amiga Rebecca Leão estava do meu lado. A Isabela recebeu o público. Ela sempre faz isso. E depois costuma recomendar que as pessoas desliguem seus celulares e deseja a todos um bom espetáculo. Minha filha rosna. Eu costumo dizer que ela rosna. Mas nessa noite ela foi extremamente simpática quando falou com o público. Lembro que falei pra Rebecca: *Meu Deus, o que aconteceu? Quem é essa? Clonaram a minha filha.* Depois comentei com ela que se defendeu dizendo que para conseguir aquele efeito de simpatia calculada, porém convincente, passou muito tempo treinando em frente ao espelho. Achei engraçado. Não que minha filha seja antipática. Ela é tímida. É errada. Assim como eu e muitos da nossa família. Os Bortolottos deveriam ser todos canhotos. Eu nunca me senti à vontade. Minha timidez nunca me deixou a vontade. O que muitas pessoas acabam sempre interpretando como arrogância ou prepotência. Somente aqueles que me pegam desarmado é que percebem a extrema timidez, o não saber onde colocar as mãos, o olhar pro chão, o que dizer nos momentos mais importantes ou como agir sem colocar tudo a perder. Eu nunca consigo dizer exatamente o que sinto e quando acho que consegui, fico dias me amaldiçoando por achar que escolhi o pior momento pra dizer. Sou um canhoto. Espero não ser sinistro. Mas sou errado. **Minha filha também é. Não se iludam. Porque somos** assim, errados. Somos canhotos. Quando garoto tinha fascinação por quem escrevia com a mão esquerda. Lembro de uma garota no quarto ano primário. Eu achava ela linda. Ela tinha os cabelos curtos, uma mistura infalível de Audrey Hepburn com Jean Seberg. E eu, na hora do recreio, a seguindo implacavelmente com o olhar, vendo ela tirar o cabelo da testa com um gesto suave. Eu ficava com aquela imagem na cabeça o dia inteiro. Queria ver ela escrevendo com a mão esquerda. Mas eu nunca vi. Eu não estudava na mesma classe que ela. Eu costumava ser o melhor aluno da classe nessa época. Se ela estudasse na mesma classe que eu, iriam me tirar de lesado. Eu não ia conseguir prestar atenção em mais nada e as minhas notas iriam sucumbir desastrosamente. Mas lembro de muitas vezes que me distraía do que a professora estava falando porque ficava me lembrando dela passando a mão no cabelo na hora do recreio. A mão esquerda. A canhota. Ela não era sinistra. E nem sei se era errada como eu. Nunca consegui falar com ela. Minha timidez nunca me deu essa colher. Errado. Como a minha filha. Como a maioria da minha família. Os Bortolottos deveriam ser todos canhotos. Errados, mas querendo acertar. Porque como eu já escrevi uma vez. Nós erramos e insistimos no erro. Porque o que mais queremos da vida é acertar.

Todos os dias você ressuscita

Todos os dias você ressuscita. Todos os dias. Tanto faz se você foi dormir feliz abraçado com o amor da sua vida, ou se foi dormir sozinho e bêbado com um dos sapatos esquecido em um dos pés. Carlos Drumond de Andrade escreveu que o sujeito que inventou o calendário foi um gênio, tipo que ele cortou o tempo em fatias para que nos fosse dada a possibilidade de contar o tempo que passou e o que ainda temos pela frente para acreditar que ainda podemos fazer tudo diferente. Eu penso sempre que é pra que seja possível que comemoremos ou lamentemos a passagem do tempo. Mas eu não me informo. Não comemoro nem lamento. Há muito eu não comemoro passagens de ano. Compro agendas apenas para me lembrar dos compromissos e acabo esquecendo de consultar a porra da agenda. E todos os dias morremos um pouco. E todos os dias ressuscitamos. Gosto do sujeito que deixou de consultar relógios ou que parou de contar quantas vezes o sol se põe. Gosto de deixar a janela fechada pra não ver o sol se pôr. As pessoas estão apressadas correndo contra o tempo. As senhoras dançando alegres uma seresta no Tubaína Bar somos nós daqui há alguns anos com nossas rugas, cabelos brancos e camisetas do Lynyrd Skynyrd ouvindo *rock and roll* e brindando com cerveja o tempo que estamos vivendo. E o dia que há de vir quando iremos ressuscitar. Não importa se há um deus que irá brindar com a gente ou piscar cúmplice no espelho do banheiro nossa cara amarrotada de dor e pequenas alegrias. Hemingway escreveu que *tempo é o que mais nos falta.* Tempo é o que ainda temos. Não convém desperdiçá-lo comemorando ou lamentando. Se bem que cada um é que sabe dos seus problemas e da sua vida. Tempo é o que nós ainda temos, para fazer a vida valer a pena.

Eu não consigo pensar em um motivo para alguma espécie de comemoração, e realmente não há. Mas essa sensação quase tranquila de não pertencer, de não ser particularmente especial para ninguém... e se isso não te estabelece uma condição de namoro sério com sua própria vida, então eu acho que nada mais consegue. Devo dizer que agora estou comprometido comigo mesmo, que algo morreu, que estou quase sereno, quase lúdico, quase impossível, quase um velho disco de vinil enroscando em alguns riscos na faixa, às vezes repetindo o mesmo verso, mas ainda assim tentando chegar ao final, pra gente poder virar essa bagaça e ver logo o que é que existe no Lado B da vida.

O perdão

Sempre que se fala em *perdão*, pensamos numa atitude nobre de alguém mais elevado capaz de passar por cima de qualquer outro sentimento mesquinho e individualista. Alguém capaz de relevar todos os dissabores proporcionados por outra pessoa e com a superioridade de quem cobre as pegadas com a ajuda de um galho velho de árvore. Alguns não entendem que o *perdão* pode ser apenas um filme com defeito. Um daqueles que vai engasgar no meio da projeção. É que na verdade, falar sobre o *perdão* pode ser algo bastante hipócrita. *Perdão* é o sujeito indiscutivelmente nobre lá na cruz dizendo algo como *Eles não sabem o que fazem.* Ou o pai virando as costas e escondendo as lágrimas. A filha desejando que tudo não passasse realmente de um filme ruim de sessão da tarde.

Paulinho, o enfermeiro chefe

Quando saí do hospital, tava bem ferrado. Mal conseguia andar, além de estar com um dos braços inutilizado e na tipoia. Então os amigos me ajudaram muito. Sempre tinha algum deles em casa para me dar os remédios na hora certa e me ajudar com as atividades mais triviais. E era o Paulinho de Tharso que fazia questão de organizar os horários de todos. E nunca falhou. A organização era perfeita. Mas ele nunca estava na lista. Ele organizava e punha todos pra trabalhar, passava em casa, pegava algumas cartelas de Rivotril e ia embora. E dava bronca em todos os voluntários e insuflava em todos um senso de responsabilidade que ele acreditava ser de vital importância para o meu bem-estar. Era um verdadeiro general. Mas teve uma noite que em dada hora da madrugada, ele não conseguiu escalar ninguém e ficou um buraco na sua agenda tão meticulosa e perfeita. Acho que eram entre duas e quatro da madrugada. Então pela primeira vez, ele teve que ficar em casa com a responsabilidade de me acordar às três da manhã para me dar os remédios. Ele chegou meio contrariado, porém resignado, me passou algumas orientações que achava fundamentais para que ele pudesse exercer a contento a sua tarefa de enfermeiro chefe e foi deitar na rede. E evidentemente ele dormiu pesado. Às três da manhã, acordei e vi que o Paulinho tava ferrado no sono. Então me levantei e fui me arrastando até a pia onde estavam meus remédios, tomando o máximo de cuidado para não fazer barulho e acordar o meu amigo. Quando consegui chegar até a pia e pegar os remédios, ele acordou esbaforido: "*SEU IRRESPONSÁVEL. O QUE VOCÊ ESTÁ FAZENDO DE PÉ?*"

Tentei explicar que era hora de tomar o remédio e que não quis acordá-lo. Não houve jeito de acalmá-lo. Baixou a Madre Superiora nele que continuou vociferando: "*EU TENTO CUIDAR DE VOCÊ. FAÇO TUDO COM ESMERO E DEDICAÇÃO. MAS VOCÊ TAMBÉM TEM QUE COLABORAR. AGORA VOU TER QUE TOMAR MAIS UM RIVOTRIL. ASSIM NÃO É POSSÍVEL*".

Respirou tentando ficar mais calmo e falou: "*Vai, diz aí, onde você escondeu as cartelas de Rivotril?*" Eu só consegui sorrir e pegar a cartela pra ele. Tomei o meu remédio e voltei para minha cama.

Antes de voltar a dormir, ainda me repreendeu mais uma vez: "*Nunca mais volte a fazer isso. Para que eu possa realizar um bom trabalho, tenho que contar com a colaboração do enfermo. E VÊ SE DORME*".

Era um tempo estranho, mas bom, do seu jeito estranho e sofrido. Era bom. Era um tempo em que eu não hesitava. Tenho pensado muito em tanta coisa. Pego atalhos, desvio, e vejo a *freeway* se estender à minha frente. Hesito, deixo a mochila no acostamento. Deixo meu olhar se perder no horizonte. Percebo uma lágrima que quer descer e a censuro de imediato, um aperto no coração, um relâmpago no fim da estrada. A garrafa de tequila, o cantor de *jazz*, a pouca importância que venho dando aos comentários. Deixo o meu sorriso triste se aventurar.

Meu Amigo Leonardo Leon

Hoje o Léo apareceu lá no teatro. O Léo é meu amigo Leonardo Leon. A gente se conheceu em Londrina. Éramos uma turma de porras loucas sem noção. Era o Everton, o Clovão, o Reinaldão, o Reinaldinho, o Mizael, o Pedrão, o Rogério e mais uma porrada de degenerados. Quatro desses já morreram. A gente continua por aqui. E hoje o Léo que agora mora em Londrina, baixou lá no teatro pela primeira vez. Há anos que eu não o via. Ele veio morar em São Paulo antes de mim e passou a vender poesia na rua e morar em pensões vagabundas. Quando eu cheguei em São Paulo, ele morava num quartinho fodido de pensão, quartinho esse que eu dormi várias vezes no chão, preocupado porque o senhorio não podia saber que eu tava dormindo lá, caso contrário expulsava os dois. Depois consegui alugar um outro muquifo na Monsenhor Passalacqua e mais tarde fui morar num quarto no apartamento do Flávio Vajman, mas isso não durou muito, já que o Flavinho não pagava o condomínio e teve que entregar o imóvel. Aí fui morar num quartinho de empregada no apê da Fernanda que também teve que entregar logo depois e acabei ficando na rua mais um tempo. Foi então que eu consegui um apartamento na Major Diogo num prédio que só morava travestis e um cara que tinha um papagaio no sétimo andar que ficava imitando os travestis. O Léo morou comigo nesse apartamento. Ele e mais uma porrada de malucos. Foi um tempo bem filho da puta. Tempo de porres destruidores, muita zona e gente pulando de janelas e morrendo, além de outros caras sendo assassinados, polícia batendo na nossa porta achando que a gente tinha algo a ver, o Everton deixando o fogão ligado e quase explodindo o prédio, enfim, só merda. O Léo e eu tivemos até um sebo de sociedade numa Galeria da 24 de Maio. Era um sebo que ninguém frequentava. Eu passava tardes inteiras sozinho lá e não aparecia ninguém, nem sequer uma porra de Testemunha de Jeová querendo me converter. Então eu aproveitava e escrevia num velho computador que o Reinaldo de Moraes tinha me dado de presente. Escrevi três peças de teatro nesse período porque não tinha o que fazer. Só no final da tarde é que eu comprava duas dúzias de latinhas de cerveja e abastecia o meu frigobar e aí apareciam os únicos fregueses, amigos meus que iam lá beber cerveja. Quer dizer, era um sebo de livros e discos que só conseguia vender cerveja de latinha. Aí a gente pegava o lucro do dia e ia comer um churrasco grego. Puta negocião, né? Mas aí a gente faliu, obviamente, e fomos morar no Brooklin. A gente alugou uma casa lá. A casa tinha dois quartos. Em um quarto eu morava com a Fernanda (a gente tinha casado) e no outro o Léo morava com a Gabriela (a namorada dele). A gente alternava a encrenca. A polícia não aguentava mais ver as nossas fuças. Em uma noite a polícia ia lá apartar a minha briga com a Fernanda e o Léo lá no outro quarto abraçado com a Gabriela falava: *O Marião e a Fernanda não tomam jeito, né? Bem que eles podiam ser tranquilos como nós.* Aí na noite seguinte ele quebrava o pau com a Gabriela e a Fernanda e eu dormindo tranquilos no quarto ao lado e eu dizia: *Esse Léo, hein? Sempre brigando com a Gabi, caramba.* A verdade é que a polícia tava de saco cheio da gente. Até hoje eu não entendo como ainda estamos vivos. Hoje o Léo foi lá e a gente ficou lembrando e rindo de todas as histórias. E saímos do bar satisfeitos com o que fomos e com o que somos, até com a nossa falta de elegância. Quando desci do táxi em frente ao meu prédio e o Léo seguiu para o seu hotel, fiquei pensando: *Caralho, eu não mudaria uma vírgula. A vida sempre vale a pena, um pouco mais que um velho Fusca, sei lá, acho que um pouco mais, tanto faz.* E eu tenho mesmo orgulho de todas essas histórias bobas. Até porque ainda estou vivo para lembrar. Nós estamos.

A falta que as pessoas fazem

Hoje o Oswaldo Mendes foi lá no nosso teatro e nos presenteou com uma palestra sobre Plinio Marcos. No final da palestra, fiquei conversando um pouco com ele. Como sempre faço, aproveito para entrevistar discretamente as pessoas que admiro. E aí quando quis saber sobre a falta que ele sentia por grandes artistas com quem ele conviveu (Plinio, Elis Regina), ele me veio com essa resposta muito foda: *Sabe, Mário, eu não sinto falta exatamente dos artistas. Por exemplo, sabe o que eu aprendi com a Elis? A fazer pipoca e café e desfrutar dos dois ainda quentinhos. Foi isso que eu aprendi com ela. Quando eu sinto falta da Elis cantora, eu posso ouvir os discos dela, tá tudo bem. Eu sinto falta da Elis e do Plinio amigos. Deles convivendo comigo. Eu sinto falta de envelhecer junto com eles. Eu acho uma puta sacanagem eles não estarem envelhecendo comigo.* Essa resposta me pegou no contra pé e fiquei emocionado pensando em amigos que caíram fora e que não estão envelhecendo comigo como o Cesana, o Clovão, o Reinaldo Henrique, o Renato Fernandes ou o Paulo de Tharso ou mestres amigos como o Fauzi Arap. Eu acho uma puta sacanagem ser privado da companhia dessas pessoas. Eu acho que tô até sendo egoísta falando isso. Mas é o que sinto. Hoje fiquei lá conversando no teatro com uma pá de ótimos amigos (e olha que a gente se encontra quase todos os dias) e sei que vou sentir muita falta de qualquer um deles se por alguma sacanagem do destino a gente não puder mais varar essas noites que passamos falando merda e ouvindo música e alugando uns aos outros. O *Cassiano* que é um grande amigo foi lá hoje com uma **garrafa de Wild Turkey e a gente ficou um tempão** bebendo e lembrando histórias do Paulo de Tharso. A gente sempre faz isso e sempre acabamos rindo muito porque o Paulo era muito engraçado, mesmo quando tava puto com a gente (ele sempre ficava). Fiquei pensando muito no que o Oswaldo Mendes falou.

Ele tem toda razão. É o que mais dói. A falta que as pessoas fazem. Por mais que eu goste muito de ficar sozinho (passo o dia inteiro sozinho e gosto muito), saber que não posso mais encontrar aquele amigo com quem eu imaginei que devia envelhecer junto e falar merda e rir um do outro e comentar as bobagens de outro amigo em comum como estávamos fazendo agora há pouco, enfim, isso é uma puta sacanagem divina. Que saibamos aproveitar enquanto elas estão por aqui. Que sejamos sábios e oportunistas o bastante pra isso.

Sem lugar no mundo

Foi estranho. O mínimo que posso dizer. Foi estranho. Ontem coloquei minha velha camiseta do Motorhead. Ela é bem velha. O velho símbolo da banda desbotando. Camiseta é um negócio muito sério pra mim. Eu só uso camisetas que acredito. Se eu não acreditar no que estou vestindo, prefiro usar uma camiseta qualquer sem estampa. Eu a vesti como sempre faço. Sem pensar muito. Eu vesti a camiseta e saí pra rua. Entrei no táxi e peguei o meu celular. Na *timeline* começaram a pipocar as notícias. Não vou dizer que não acreditei. É claro que eu acreditei. É claro que eu já esperava por isso. Há um bom tempo eu já esperava por isso. Mas agora era real e definitivo. Lemmy tinha morrido. Fiquei pensando na primeira vez que li sobre Lemmy. Eu li sobre Lemmy antes de ouvir o Motorhead. A figura dele me impressionou. O que ele dizia e o seu estilo de vida. Foi isso que me impressionou.

Só depois é que ouvi a música. Alta, ensurdecedora, destruidora.

Tão alta que demorei para entender, Demorei para assimilar. Demorei para gostar. Mas do Lemmy eu gostei imediatamente. Ele era um verdadeiro herói pra mim. Por não se render. Eu só admiro pessoas que não se rendem. Lemmy encarava o rock como extensão de sua vida, como uma profissão de fé. Era impossível dissociar Lemmy do *rock and roll* e da garrafa de *bourbon*. Era impossível dissociar Lemmy da palavra *integridade*. O cara que só fez o que queria e do jeito dele. Lemmy fez parte de uma raça em extinção. De sujeitos que caminham em nuvens, de caras predestinados. De caras de quem você não quer sequer chegar perto. Porque você tem medo de descobrir que é real. Tem medo de descobrir que é verdade. Tem medo de descobrir que é possível. Sabe como é, descobrir isso pode colocar sua vida fora dos trilhos. Se eu sobreviver aos próximos anos, talvez um dia fique sem vontade de falar com as pessoas. Talvez embarque num estado de mutismo irreversível. Prevejo isso. E talvez eu abandone tudo. Talvez eu fique apenas com as palavras. As escritas. Talvez eu me canse do som da minha voz. Tenho certeza que jamais vou desistir das palavras. As escritas. Dessas eu não vou desistir. Mas eu estarei finalmente em silêncio. Como se vivesse em um país estrangeiro do qual eu desconheço a língua e não tenho o menor interesse em aprender. Não vai haver motivo para isso. E vou andar por aí, sem destino e sem deixar que me levem. E então vou sentar sozinho na frente de um velho posto de gasolina no meio do deserto. E um garotinho vai se aproximar de mim. E me perguntar então: *Como era lá no seu tempo?* E talvez eu saia do meu estado de mutismo. Talvez eu abra uma exceção e então vou começar a falar com o garoto. E vou contar a ele sobre Lemmy. Vou dizer que um dia existiu esse cara. Que ele cantava em uma banda de rock. E que ele viveu do jeito que escolheu. E que nada o demoveu de sua crença inabalável. No *rock and roll* e na vida que escolheu para ele. E vou contar histórias de Lemmy para o garoto que vai me olhar incrédulo e rir da minha cara. Ele vai me tirar de louco. Um louco engraçado, mas bem louco. A ponto de acreditar que existiu um sujeito assim. Tenho certeza que no futuro não haverá nada parecido com sujeitos assim e se ainda estivermos vivos vamos ser tirados de loucos e subversivos por contar histórias desse tipo. Desconfio até que já é assim. Na verdade, eu tenho certeza. Não há mais lugar nesse mundo para sujeitos como Lemmy Kilmister.

Gigante Brasil

Monumental. O cara que tinha a manha de roubar o show do Itamar Assumpção. Entendam que eu sou fã do Itamar. E que o cara além de ter um puta repertório, também tinha uma puta presença cênica, mas em vários shows do Itamar que eu tive o privilégio de testemunhar, eu me via totalmente ligado naquele negão maluco na bateria, com sua performance impressionante e com seus vocalises maravilhosos. Era foda. O Gigante também tocou na Gang 90 de outro cara que eu reverencio e pago o mó pau que é o Júlio Barroso. O Gigante também tocou com a Marisa Monte. E tinha uma banda com os irmãos Beto e Rubens Nardo que foram vocalistas da banda da Rita Lee. Não lançaram nenhum CD, mas eu tenho uma fita cassete dos caras. Sempre fui o mó fã do Gigante. Ficava intimidado na presença dele. Teve uma época na Vila Madalena que o Gigante sempre colava lá na casa do meu amigo Bernardo Pellegrini. Eu não falava muito com ele. Sou um cara tímido, principalmente perto das pessoas que admiro muito. Mas gostava de ouvir ele falar. Pra mim, isso bastava. Lembro quando a gente estreou a peça

Felizes para Sempre no Cabarezinho de Londrina. Fernanda e eu nem ensaiamos. Fomos decorando o texto dentro do ônibus e a gente meio que combinou o que ia fazer. No final, o Gigante tava emocionado com a apresentação e veio falar com a gente. Pra mim, certas coisas valem mesmo uma vida. Quando começamos a gravar o CD da nossa banda Tempo Instável, falei com o Marcello Amalfi e a gente chamou o Gigante para fazer os vocais de abertura da música *Nossa Vida não Cabe num Opala*. Um privilégio enorme pra mim. Ele ainda tocou a bateria na cena da perseguição da Maria Manoella no filme. Não sei o que dizer, além de me sentir estupidamente honrado por ter esse sujeito participando de algo que fiz. Era um artista genial. Um artista na acepção da palavra.

Antonio Bivar, do que se vive?

Bivar, como você vive? Quer dizer, como você paga suas contas?

Ah, Mário, eu ligo pra Rita Lee.

Como é que é?

É isso. Quando tá muito ruim, eu ligo pra ela, pergunto como é que ela tá, falo algumas trivialidades... e aí ela pergunta quanto eu preciso. Eu digo que é só pra pagar dois aluguéis atrasados, a conta do telefone, essas coisas, e aí ela me manda o dinheiro.

Esse era o Antonio Bivar. Não havia nele nenhuma necessidade de prosperidade ou de bem estar material. Bivar apenas estudava a vida e talvez fosse a pessoa que ao ser questionado por Abujamra, ficaria mudo diante da questão. Tive várias conversas como essas aí de cima com ele. Estávamos montando a peça *Opera Punk* em Santo André. Bivar era o autor e eu era o responsável pela iluminação do espetáculo. Então aos domingos quando tinha ensaio, a gente acabava sempre voltando juntos de trem e eu aproveitava para entrevistá-lo, como costumo fazer com todas as pessoas que admiro. Afinal ele não era apenas um dos maiores dramaturgos brasileiros. Ele era o cara que ajudou a traduzir *On the Road*, que escreveu pequenas biografias de James Dean e Jack Kerouac, que produziu o espetáculo *O começo do fim do mundo* sobre o movimento punk no Brasil e escreveu o pequeno e revelador livro *O que é punk?* pela *Brasiliense* nos inteirando do assunto quando sabíamos muito pouco. Bivar era o tipo de cara cujas preocupações do homem comum de classe média não o afligiam. O que importava para ele era o novo disco de uma banda desconhecida de algum país longínquo do qual você não tinha nunca ouvido falar. Do país, eu digo, imaginem a banda. Lembro que ele casou e eu perguntei como era para ele estar casado e ele respondeu: *Ah, eu expliquei para ela que eu não queria, Mas ela insistiu. Disse que não importava, que gostava de mim e gostava de ficar comigo. Ela é ótima, Mário. Ela me leva pra viajar. Você sabe que eu adoro viajar. Mês passado nós andamos no Trem da Morte.* O cara que escreveu *Verdes Vales do fim do mundo* tinha um semblante tranquilo e uma fala pausada, totalmente antagônica à música que ouvia. Lembro de uma vez que fomos fazer um debate sobre Geração Beat em Bauru. Estávamos voltando de Van e ele me falou: *Mário, olha pela janela, daqui há dois minutos vai ter uma árvore que fica aqui do lado direito da estrada. Presta atenção nessa árvore, em como os galhos dela são retorcidos. Veja só que interessante.* Fiquei olhando pela janela e exatamente dois minutos depois a arvore se apresentou para nós e era exatamente como ele tinha dito. Fiquei pensando: *Que espécie de pessoa é essa? Como se atinge tal estado de leveza? Como é que ele sabe o lugar exato onde tem uma árvore em uma estrada? Eu mal sei onde está a minha escova de dentes.*

Há uma carta que Odete Lara escreve para Bivar e ela diz: *Nada vale o sacrifício de lutar a vida toda para conseguir a garantia da monotonia.*

Monotonia sempre passou longe dele.

Esse cara único nos deixou hoje. Justamente nesse momento onde a morte está tão banalizada que falamos sobre ela como comentamos a respeito de uma marca de vinho ou uma receita de comida. A morte é apenas mais um assunto. *Ah, o meu amigo morreu hoje./ É mesmo? Sinto muito./ É muito triste./ Você viu o que aconteceu com o Ministro da Economia?*

E nós ficamos por aqui, escrevendo essas frias notas de falecimento.

Tunica

Tunica era única. Uma das primeiras pessoas que conheci em São Paulo. Umas das primeiras grandes artistas. Fauzi Arap amava Tunica. Ela amava o Fauzi. Tunica montava trilhas, mas ela não operava. Ou pelo menos não costumava operar. Quando montamos *Santidade* do *Zé Vicente*, ela fez questão de operar a técnica durante toda a temporada. Pelo Fauzi e pelo Zé. Lembro que vinham me falar: *Que privilégio que vocês tem, hein? A Tunica operando a trilha da peça.* A gente se abraçava e eu falava pra ela bem cafajeste: *Tunicão, vamos pegar umas minas hoje? É só a gente que gosta aqui.* Ela ria. Tunica se divertia. Ficava o mó tempo conversando comigo sobre as músicas que ela escolheu para a trilha da peça. Ela sabia o quanto eu gostava de músicas e de trilha, então perdia o seu tempo explicando para mim suas opções. Uma vez minha namorada na época e eu quebramos o mó pau na reinauguração do TBC. A polícia prendeu minha namorada. Eu não tinha carro. Eu nunca tive carro. Eu não fazia ideia pra onde eles tinham levado ela. Então Tunica foi comigo em todas as delegacias procurá-la. Enchemos o carro da

Tunica de amigos e fomos. Uma verdadeira caravana de resgate. E Tunica sempre camarada, sempre gentil e amiga. A última vez que a encontrei, percebi o quanto ela tava mal e fiquei muito triste. Triste e impotente. Sempre ficamos tristes e impotentes nesses encontros. Somos tão frágeis, tão falíveis. Não há nenhum motivo para otimismo. Há apenas a constatação triste, a vontade de abandonar o corpo que já não responde. Vi Tunica indo embora naquele dia. Ela foi devagar, caminhando com dificuldade e nos deixou aqui admirando tristemente as possíveis marcas que seus passos deixaram no chão. Apenas isso nos conforta. Saber que ela deixou muitas marcas em muitos de nós. E todas elas só nos despertam sentimentos bons. Sentimentos esses que não serão cremados junto com o seu corpo nessa tarde triste de segunda-feira. Eles permanecerão em nossa memória. Tunica é das que ficam. Tenho quase certeza que ela tinha plena consciência disso.

Anthony Bourdain fora do mapa, acordando com a notícia triste

Acordei com a notícia. Triste. Desoladora. Foi a minha amiga Majeca Angelucci que me mandou a mensagem. O Bourdain cometeu suicídio. O primeiro pensamento que me vem à cabeça logo depois da imensa tristeza que toma conta de mim é: *Como assim? Suicídio? Ele tinha a vida que todo mundo deseja. Ele viajava pelo mundo, conhecia os lugares mais loucos, comia bem, bebia bem...caramba, ele namorava a Asia Argento.* É claro que isso é tudo bobagem. Principalmente se ele sofria de depressão como alguns já estão aventando. Depressão não escolhe se você tem uma vida boa ou não. Ela te derruba e pronto. Mas são especulações. Ninguém pode dizer nada com certeza. O fato é que aos 61 anos, uma porrada de programas geniais, inventivos e reveladores e 5 livros seminais (eu tenho cinco, não sei se existe mais algum), o gigante (pelo menos pra mim) da cozinha e da literatura Anthony Bourdain resolveu sair fora se enforcando em um hotel na França. Vou demorar muito para digerir essa notícia com gosto de comida estragada.

Sebastião Millaré

Ele foi o primeiro cara que nos recebeu em São Paulo. Ele conhecia o meu trabalho de festivais de teatro. E assim que cheguei em São Paulo, ele nos acolheu. Ele era o diretor do Departamento de Teatro do Centro Cultural e foi o primeiro cara que abriu as portas pra gente e simplesmente disse: *Fiquem a vontade.* Em 2000, eu tava ferrado, sem grana, devendo pra caralho e sem perspectivas. Então mandamos (a Fernanda, a Chris e eu) um projeto pro Millaré para fazer uma Mostra com 5 peças lá no porão do Centro Cultural. Ele topou na hora. A gente não tinha grana nenhuma (e nenhum patrocínio) para bancar a Mostra, mas a gente tinha o Porão do Centro Cultural. Então falei pra ele: *Porra, Millaré. Você tá me dando três meses pra ocupar o Porão. E se em vez de eu fazer cinco peças eu fizer sete?* Ele então me disse: *Mário, o porão é seu durante três meses. Faz quantas você quiser.* Então a gente fez quatorze. Foi a I Mostra Cemitério de Automóveis e foi graças a essa Mostra que eu ganhei o APCA pelo *Conjunto da Obra* e o Prêmio Shell de *Melhor Autor* por *Nossa Vida Não Vale um Chevrolet.* Com o dinheiro do prêmio, paguei as minhas dívidas e comecei a colocar a minha vida de volta nos eixos. Foi graças ao Millaré. Depois que ele saiu do Centro Cultural, nunca mais conseguimos nos apresentar lá e eu sempre o encontrava por aí. A gente conversava e ele sempre ria muito. Ele tinha uma gargalhada que nos abrigava, um jeito de rir de tudo que nos desconcertava. Nos últimos anos ele tava enfrentando essa doença implacável e todos os amigos já sabiam que seria muito difícil. Mas sempre que eu o encontrei, fui recebido com a mesma gargalhada, o mesmo jeito franco de rir de tudo. O mesmo bom humor que devia ser uma espécie de antidoto contra o mal que o estava afligindo. Hoje minha amiga Majeca (que também era grande amiga dele) me comunicou o seu falecimento. Sebastião Millaré nos deixou essa manhã. O teatro perdeu um dos seus maiores pensadores. Um intelectual apaixonado por teatro. Nós perdemos um grande amigo. Antes de ontem escrevi aqui que *os gigantes não andam mais sobre a terra*. É exatamente isso que estou pensando agora.

Todo o amor puro de Domingos de Oliveira

Não existem mais caras como Domingos de Oliveira. Apaixonados. Extremados. Excessivamente românticos e talentosos. Artistas na essência. Artistas que fazem valer cada sílaba dessa porra de palavra tão vulgarizada hoje em dia quando qualquer leitor de livro de autoajuda pensa que é. O Domingos era um artista. O Domingos não amava apenas o cinema ou sua literatura. O Domingos amava a vida. E é da vida que extraímos todo esse negócio que tentamos transformar em arte. Das nossas derrotas, dos nossos infortúnios, do nosso desconforto de existir, do nosso jeito errado de lidar com os sentimentos, mas que mesmo assim, desconfortáveis, teimamos em insistir. E do nosso amor inegociável pela vida. Nós não queremos morrer porque amamos a vida. Não que a vida seja exatamente algo que nos bombardeie de felicidade. Nós sequer (agora digo só por mim) acreditamos nessa palavra. *Felicidade* é uma porra de palavra superestimada. Mas nós queremos fazer da nossa vida algo de que possamos sentir orgulho. Dos nossos erros (ah, a nossa coleção interminável de erros), de nossa infelicidade, de nossa melancolia e do nosso amor pela vida. E isso eu tenho certeza que o Domingos fez a cada segundo de sua vida. Domingos de Oliveira passou a vida escrevendo o seu testamento. Desde o fabuloso *Todas as mulheres do mundo*. Ele é o nosso Bergman, nosso Woody Allen, ele é o nosso Domingos de Oliveira. O Rio de Janeiro devia erguer uma estátua para ele. Sempre que eu vejo um filme do Domingos eu penso naquela epígrafe do Ricardo Chacal no filme *Eu sei que vou te amar* do Jabor: *Nosso amor puro pulou o muro*. Porque é exatamente isso. Os filmes do Domingos transbordam da tela esse amor puro que não se deixa domesticar por mais puro que seja. Em homenagem ao Domingos, façam algo de belo e de poético na vida de vocês no dia de hoje. Esqueçam tudo, desmarquem compromissos, voltem a ter predisposição para a vida, se apaixonem novamente. Por uma mulher, por um cara, pelos amigos, pelo cinema. Façam algo realmente bom pra vocês. Se emocionem, caralho. Porque a vida não é mesmo mais do que a possibilidade de se emocionar, de verdade. Todo o resto não tem a menor importância. E assistam Domingos de Oliveira. Não há mais ninguém como ele por aí. E ele não deixou discípulos. Não à sua altura.

Antonio Abujamra, muito além de qualquer provocação

Eu fui jurado do Prêmio Wolkswagen de Teatro lá no Teatro Municipal. O Abu era o presidente do juri. Uma hora ele chegou pra mim e falou: *Você é o Mário Bortolotto?* Eu respondi que sim e ele falou: *É uma falha cultural minha eu não conhecer o seu trabalho?* Respondi: *Acho que não. Eu também não conheço o seu.* Ele riu. É claro que eu conhecia o trabalho dele, mas percebi a provocação e achei que era a melhor forma de responder. Acho que ficamos amigos depois desse momento. Não o tipo de amigos que se encontra sempre para conversar ou para jogar pôquer como ele gostava (e eu também gosto), mas simplesmente daquele tipo de amigos que se entendem e se respeitam. Na mesma noite ele chegou pra mim e falou: *Vamos tentar resolver esse negócio logo pra gente poder ir embora. Não deixa os outros ficarem enrolando.* Ele se referia ao julgamento das peças e percebeu em mim um cúmplice para se livrar do trabalho e voltar logo para o que interessava, ou seja, o pôquer, ou apostar em cavalos, um jantar ou uma mulher (no caso dele, a esposa que ele amava e que com certeza o estava esperando). Quando levei os tiros e fui pro hospital, o Abu foi me visitar. Me levou livros e o cd do filho André. Ficou lá sentado no sofá do quarto conversando comigo. Eu tava tomando alguns remédios muito fortes e não tava em condições de contra argumentar com ele (mesmo se tivesse legal não estaria) e ele foi muito gentil e generoso comigo. Os enfermeiros perguntavam: *É o Ravengar, né?* Eu respondia: *Acho que já foi. Agora ele é o Abu, o que ele sempre vai ser.* Quando saí do hospital, ele me convidou para ser entrevistado no *Provocações*. Eu tava muito tenso na entrevista. Acho que é perceptível para quem assiste. No final aquele abraço que não me pareceu nem um pouco falso como ele costumava brincar. Abu era um cara extremamente afetuoso. Ficava puto quando tinha que ficar, com certeza, como todos nós, Mas acima de tudo, era extremamente amoroso. Fiquei sabendo agora há pouco da morte dele. Me bateu aquele tipo de tristeza que não dá para explicar em palavras. O tipo de tristeza indefinível que fica espetando o coração de leve. Antonio Abujamra foi um artista admirável, isso não há muito o que discutir. Mas o Homem que eu conheci foi um sujeito raro. O tipo de homem que estava predestinado a deixar sua marca indelével em sua passagem por aqui. E *Abu* não fez por menos. Agora eu até posso dizer que te conheci, meu amigo. Para minha grande sorte.

Margarete em dias de chuva

Não sei se é por causa da chuva. Não sei se foram os trovões lá fora e eu aqui dentro, depois de cheirar uma dose monstruosa de rapé da Amazônia. Eu não sei dizer. Mas hoje eu fiquei lembrando dela. O nome dela era Margarete, a garota que eu sempre encontrava na rua, à noite, andando sozinha. Uma das garotas mais doces que conheci. E inexplicavelmente solitária. E ela sorria quando me via e a gente sentava ali no meio da rua e ficava conversando. Geralmente era assim, adiávamos nossa chegada no bar. O meio-fio nos acolhia e passávamos um puta tempo só conversando. Foram várias noites assim. Fazia muito tempo que eu não lembrava dela. E hoje tava olhando umas fotos antigas e encontrei essa foto dela. E todas as lembranças me vieram como essa chuva lá fora, inclemente, avassaladora, necessária. Lembro que fiquei um tempo sem encontrar Margarete, sentindo falta de nossas conversas no meio-fio, sentindo falta de não ter motivos para adiar a minha chegada no bar. E então me contaram que ela estava doente, uma dessas doenças que não se sujeitam a negociações. Ela era jovem demais, doce demais e era linda demais para usar esse chinelo velho que é esse mundo de ressaca a que estamos acostumados. E ela não teve tempo para se acostumar. A sofisticação esquisita dessa tarde de chuva me fez lembrar de Margarete. Me fez lembrar de pessoas queridas com quem eu não falo há muito tempo e da necessidade de pelo menos tentar falar com elas. Me fez lembrar o moleque que eu era, adiando minhas chegadas no bar para ficar conversando com uma garota muito doce, sentado no meio-fio. De vez em quando bancamos as *prima donnas* de nossa existência, não é? Que coisa mais fútil e desnecessária. Que coisa mais desproporcional e sem sentido para uma vida tão frágil. Sobrevivemos mais um ano. Não sabemos em quantas estações o nosso trem ainda vai parar. Só sabemos que não é um trem luxuoso, não é nem de longe um Glacier Express. Talvez seja apenas um desses trens velhos que cortam a Birmânia como eu vi no programa do Bourdain. Mas há de haver algumas paradas. Ainda é possível descer do trem para esticar as pernas, beber um vinho e talvez ligar para aquela pessoa com quem você não fala há muito tempo. Dias de chuva como o de hoje me fazem pensar nessas coisas. Em Margarete que me ensinou tanto, antes e depois. E hoje. Em Margarete em dias de chuva.

Marcia Medeiros, nem sempre dá tempo

Eu a conheci na Praça Roosevelt. Quando a Praça Roosevelt começava a sair da escuridão. A gente bebia ali do lado do Teatro dos Satyros, no La Barca. As travestis ainda moravam por lá. Muitas delas. Tinha a Camila que se suicidou. Eu escrevi um texto sobre ela (publicado no livro *Atire no Dramaturgo*). E tinha a Marcinha. A mais simpática de todas. Ela sentava com a gente na mesa e conversava sem nenhum receio. Ela ficava à vontade com esse bando de marmanjos bêbados muitas vezes tirados de machistas por suas brincadeiras de moleque exageradamente masculinas. E ela não tava nem aí. Ela ficava muito à vontade com a gente. Ela sabia que ali ninguém tinha real preconceito com ela. Ela era nossa amiga, simplesmente. E ela contava de sua vida, dos perrengues que tinha passado e de como estava tentando melhorar. Ela era linda pra caralho. Muito linda mesmo. Os caras ficavam embasbacados. Ela era extremamente feminina. Um dia ela me contou da história que viveu com um *playboy* da alta sociedade. Ela contou uma pá de histórias pra mim. Fiquei sabendo também que ela participava de alguns programas de TV, desses de pegadinhas e em outros programas que exploram a vida das pessoas em busca de audiência. A Marcinha tentava sobreviver, como todo mundo. Aí teve um tempo que ela sumiu. Fiquei sabendo que ela tinha se envolvido com um carinha que havia colocado ela para se prostituir em troca de drogas. Eu não sei, não a vi durante um tempo, não posso afirmar nada disso. Só tinha notícias. Aí um dia a encontrei. Ela estava muito diferente. Fiquei com a impressão de que ela tinha ficado com vergonha de mim. De eu tê-la visto naquela situação. E então ela sumiu por um tempo. Só recentemente voltei a me encontrar com ela aqui na rua onde moro e que é famosa pelo número de travestis que tomam conta da rua. Ela parecia feliz. Estava renovada, linda de novo.

Veio me contar entusiasmada de como sua vida estava numa fase boa, que tinha terminado o curso de cabeleireiro e que estava fazendo estágio num salão. Ela parecia muito feliz mesmo. Ela me contou várias histórias. Lembro de uma manhã que ficamos Majeca, ela e eu bebendo até umas 10 da manhã no boteco do lado da minha casa. Lá não tinha uísque e a gente ficou bebendo pinga com limão. A Marcinha era muito mais classuda que seus amigos *artistas*. Ela bebia cerveja. Hoje fiquei sabendo que ela se suicidou. Tinha 36 anos e continuava linda. Ela parecia uma garotinha. Eu não entendi. Ninguém consegue explicar por quê essas coisas acontecem. Na última vez ela parecia tão feliz e esperançosa e de repente...essa merda. Só faz eu ter certeza de como essa merda dessa palavra *felicida-*

de é mesmo uma palavra superestimada. Eu sempre vou me lembrar dela atravessando a rua e vindo me beijar, feliz, querendo me contar como sua vida estava melhorando. Às vezes não dá tempo, né? Não costuma dar tempo. Às vezes é tarde demais. Sempre acho uma merda quando é tarde demais.

O nome dela é Marcia Medeiros. Foi assim que ela escolheu que queria ser conhecida.

Antunes Filho, ele sabia de tudo

Falavam que ele não gostava de mim. Eu acreditava e pensava: *Normal. Ninguém é obrigado.* Aí um dia ele apareceu na nossa mostra no Centro Cultural com toda a turma dele. A peça era *A frente fria que a chuva traz.* Ele assistiu e dava para ouvir ele comentando a peça. Ele sempre fazia isso. Quando acabou, ele fez questão de ir ao camarim cumprimentar todo o elenco. Essa foi só a primeira vez. Seguiram-se várias outras e aquela impressão foi totalmente apagada. Era como se fôssemos velhos camaradas que se encontravam muito circunstancialmente, mas quando acontecia, era sempre muito bom. Lembro de uma vez que fui assistir uma peça do Bob Wilson. Eu não tinha gostado muito da peça. Na saída, encontrei com Antunes no saguão. Ele veio sorrindo em minha direção, me abraçou e falou: *Cada uma que a gente é obrigado a ver, hein, Mário?* Sorri com cumplicidade tímida. A última vez que nos encontramos foi no Centro Cultural São Paulo antes de uma peça que fomos assistir. Ele veio me abraçar e falou: *Sabe que eu gosto muito de você, né?* Eu já sabia, Antunes. Mas foi legal pra caralho ouvir você falar.

Eu não falei nada. Só sorri, tímido novamente. Não tenho muito a manha de dizer para as pessoas o quanto gosto delas. Mas tenho certeza que ele já sabia. Ele sempre soube de tudo!

Maria Alice Vergueiro, damas não dizem adeus

Lembro que a primeira vez que a vi em cena foi na peça *Electra com Creta* do Gerald Thomas no Sesc Consolação. Eu lembro de ter pensado: *Essa mulher é um furacão. Que puta presença, caralho!* Mas eu não fazia muita ideia de quem ela era. Eu morava em Londrina ainda e só tava por aqui justamente para assistir algumas peças e filmes. Eu sempre fazia isso. Mas lembro nitidamente dela em cena. Quando vim morar em São Paulo dez anos depois, eu a conheci pessoalmente em uma festa na Bela Vista, na casa da minha namorada na época, na Rua Rocha. Ela me abraçou e a gente ficou falando sacanagem. Na hora eu pensei: *Essa mulher é uma dama!* Mas não uma dama comum dessas que você encontra e acha que tem que prestar reverência forçada. Ela era uma *dama de poucas virtudes* usando um termo Berardiniano. Os leitores de Ken Parker sabem o que tô falando. Porque é justamente o contrário. Essas damas tem inúmeras virtudes. Talvez não sejam (com certeza não são) as mesmas virtudes apreciadas por quem senta no camarote do teatro e na hora do aplauso, sacodem as joias. São as virtudes da rapaziada da fila do gargarejo. As legítimas damas do teatro. Porque pra mim o teatro não é esse salão chique com candelabros e beija-mãos. Sempre achei que Maria Alice seria perfeita para ser uma dona de *saloon* do velho oeste. *Cowboy* nenhum ia se engraçar com ela. A última vez que a encontrei a gente leu um Tchekov lá no Masp.

Eu fui cumprimentá-la no camarim antes da gente ler o texto. Apesar de saber de seu estado, não consegui vê-la com a fragilidade que eu esperava. Ela continuava sendo a *Dona do Saloon*. Se eu me metesse a besta de sacar a arma antes dela, tava ferrado. E hoje eu acordei com a notícia de que ela tinha saído de cena. Logo em um momento onde não é possível prestar as devidas homenagens. Todas que ela merecia. Mas se há um consolo, é saber que verdadeiras damas saem de cena discretamente. Não nos permitem as falsas reverências. Damas como Maria Alice não dizem adeus. Elas nos deixam sem que notemos de imediato. E aí quando damos pela falta delas, ainda é possível sentir sua presença poderosa. Elas não nos dizem *adeus* porque seria impossível a gente responder à altura. Há um lugar que não poderá ser preenchido, jamais. Um lugar que ninguém pode se atrever a ocupar. Esse sempre será o lugar de damas insubstituíveis como Maria Alice.

Nota sobre Sérgio Sant'Anna

Nós estávamos todos torcendo para ele sair dessa. Quando ficamos sabendo que ele havia sido internado já se abateu uma grande tristeza sobre todos aqueles que o admiravam como escritor e como pessoa. E hoje veio a notícia numa embalagem de crueldade e dor. Sérgio Andrade Sant'Anna nos deixou vítima do mesmo mal que já havia levado o grande Aldir Blanc juntamente com mais de 10.000 brasileiros só até hoje.

Conheci a obra dele no comecinho dos 80 na Biblioteca de Londrina quando estava tentando ler toda a literatura que me havia sido relegada quando estava no seminário. O primeiro que li foi *O Concerto de João Gilberto no Rio de Janeiro*. Lembro que havia lido uma matéria onde tentaram colocar a literatura dele numa prateleira de literatura *pop* junto com o também grande escritor Roberto Drumond. Li o livro e achei que era só vontade de tentar rotular o escritor. Por mais que houvessem pequenas semelhanças em um ou outro conto, era evidente que a seara de Sérgio era outra, tanto é que enquanto Roberto continuou escrevendo livros geniais que remetiam realmente a algo que se poderia chamar de literatura *pop* a começar por títulos como *Sangue de Coca-Cola* ou *O dia em que Ernest Hemingway morreu crucificado*, Sérgio já estava em outra estrada. Sua literatura era muito difícil de definir, se é que é possível definir (eu é que não vou nem tentar). Depois desse livro li *Os Sobreviventes* e *Notas de Manfredo Rangel repórter* e tive certeza do que havia intuído. Era uma literatura muito mais experimental, impossível de rotular. E quem tentasse fazer só ia quebrar a cara. Quando fiz uma peça no Rio de Janeiro (*Vamos Sair da Chuva Quando a Bomba Cair*) em que pessoas gravavam recados em uma secretária eletrônica para a personagem que era uma produtora, Sérgio foi um dos que gravou. A produtora da peça era amiga dele e conseguiu a gravação. Só o conheci pessoalmente em um domingo na Mercearia São Pedro.

Nós participamos de um projeto de programa chamado *Saideira* com curadoria do Marcelino Freire. Era o Xico Sá quem comandava a mesa e os convidados desse piloto eram Reinaldo Moraes, Sérgio Sant'Anna e eu com participação do amigo Junio Barreto. Ao final da gravação ficamos conversando durante um bom tempo no balcão da Merça e minha admiração por ele só aumentou. Era um cara extremamente gentil e tranquilo. Nós éramos amigos no Facebook e ele sempre comentava alguns *posts* meus e eu curtia praticamente tudo que ele escrevia. Ultimamente seus *posts* eram com razão sempre revoltados com as atitudes do atual governo. Sergio estava muito triste com a situação política atual do Brasil, como todos nós que ainda podemos nos orgulhar de ter alguma reserva de dignidade e humanidade. Fico imaginando o quão triste deve ter sido para ele nos deixar em um momento tão amargo para o país. Sérgio merecia uma passagem de primeira classe com todas as honras. O que nos sobra de consolo é saber que ao contrário de alguns que estão escrevendo uma história suja e que ele francamente repudiava, ele nos deixou um legado fantástico com sua literatura. Sérgio já é um dos maiores escritores da literatura brasileira e seu imenso legado só tende **a ficar ainda mais luminoso e fundamental. Será ainda** muito estudado e reverenciado pelas gerações que virão. Sérgio não precisa de nenhuma nota de pesar de nossa Secretária de Cultura. Sua trajetória honesta e genial prescinde desse tipo de homenagem hipócrita. Ele vai viver para sempre.

Guilherme Lamounier, o gênio empunhando a Gibson

A primeira vez que vi esse cara foi no programa que o Carlos Imperial tinha. Eu devia ter uns 12 anos. Um sujeito cantando um rock rasgado com uma voz poderosa, vestido com uma jaqueta jeans surrada e empunhando uma Gibson Les Paul preta. Em Londrina tinha um programa em rádio AM que toda a tarde tocava pelo menos uma hora de rock nacional. Isso era no final dos anos 70. E o programador sempre tocava músicas desse cara. Eram *rocks* cantados com uma entonação soul. As letras não eram o que ele tinha de melhor, mas não eram exatamente ruins: "e se eu der uma pirueta eu entro numa que sou! Uma bola de neve, um personagem alegre de um conto de fadas / se eu subir mais nessa escada eu posso até me transformar numa estrela de *rock and roll*". Mas a interpretação *rocker* era fodaça. Ele alternava *rocks* rasgados com algumas baladas emocionadas como a bela *Sandra*: "A tarde caiu molhada de chuva / e eu me lembrando de ontem / às sete da noite, na sua procura / batendo com medo na porta". Quando vim pela primeira vez (em 81) tentar morar em São Paulo, vasculhei os sebos de discos à procura de algo do cara. E fui encontrando alguns LPS e compactos obscuros, começando assim a minha coleção. Os discos estavam sempre perdidos em bancas de ofertas entre discos de Fernando Mendes e José Augusto. Parecia que ninguém conhecia o sujeito e com certeza ninguém dava a mínima por ele. O primeiro LP é de 1970. O já citado Carlos Imperial descobriu o rapaz atuando em uma montagem teatral carioca de *Capitães de Areia* do Jorge Amado e produziu o seu primeiro disco. Não há composições de Guilherme nesse disco, mas há entre outras, uma boa recriação do clássico *Cristina* – contam que Tim Maia e Guilherme Lamounier ficavam na casa de Carlos Imperial vagabundeando e sempre que queriam fumar maconha – já que Imperial era careta e só bebia Coca-Cola – mandavam o código "vou ver Cristina" – e ainda a ótima "Febre", versão do clássico *Fever*. Na apresentação do disco, o genial cafajeste Imperial escreveu o seguinte texto provocando outros cantores da época: "Prometo que ele não vai usar roupas de lamê, não vai gravar música rimando "quero o teu amor" com "preciso do teu calor" e nunca levará sua mãe para ser homenageada na TV. Só isso já é um progresso". É um ótimo disco e raridade nos sebos especializados, mas o melhor viria a seguir, em 73. Guilherme se uniu ao poeta Tibério Gaspar e fizeram um disco surpreendente. Com certeza, o melhor de sua carreira. Todas as músicas são composições da dupla. Tratam-se de grandes composições como "GB em Alto Relevo", "Freedom", "Telhados do Mundo", "Passam Anos, Passam Anas" e o rockaço "Cabeça Feita" imortalizada alguns anos depois na gravação do lendário Grupo de rock "O Peso". Guilherme continuou trabalhando, gravando temas para novelas como "What Greater Gift Could There Be" (O Homem que Deve Morrer), o clássico "Enrosca" (Locomotivas) que foi regravada por Fábio Júnior e destruída impiedosamente por (caramba) Sandy e Júnior. Vale a pena conhecer a versão original do compositor que começa só com violão, cede para a entrada de um contrabaixo suingado na segunda parte finalizando num rock rasgado com backing de Jane Duboc. Gravou ainda "Requebra Que eu Curto" (O Pulo do Gato) e até temas de pornochanchadas de Carlo Mossy. Ainda lançou alguns compactos. Destaque para o ótimo compacto duplo com a música "Não Leve Nada a Sério" gravada posteriormente pelas "Frenéticas" ("vou levando a vida/não sei se termina amanhã ou em 80 anos/sei que é cedo ainda/nem cheguei aos 30/ mas já passei dos 25 anos"), até chegar no disco de 78 que tem entre outras o clássico "Seu Melhor Amigo" também regravado por Fábio Jr.

Após esse disco, ele ainda gravou alguns compactos. O último deles com a balada "Um Momento a Mais pra Viver" que tem a participação mais que especial do amigo Tim Maia na bateria. E então Guilherme sumiu. Há uma série de caras que gravaram músicas de Guilherme. Destaque para Zizi Possi ("Um Toque de Amor"), Eduardo Araújo no disco de 76 com o funkão "Círculo Vicioso" ("e a gente nem se toca que no fim da linha te jogam no buraco e dizem Ave Maria") e Gileno ("Céu Dourado" no ótimo disco "Meu Nome é Gileno") que é na verdade o cantor Leno que teve o disco cult "Vida e Obra de Johnny McCartney" produzido por Raul Seixas. Há um disco de Sandra Pera (ex-Frenéticas e irmã da Atriz Marília) só com composições dela em parceria com Guilherme. Mas depois o fato é que Guilherme desapareceu. Teve uma época que eu fiquei sabendo (não sei se é verdade) que ele tava dando aulas de violão para sobreviver. Há outras lendas a respeito dele por aí, mas nada que se possa confirmar. Há cerca de alguns anos a gente conseguiu o telefone da casa dele no Rio de Janeiro. A Fernanda (que era casada comigo na época) ligou pra lá e conseguiu falar com a mãe dele. A ideia era fazer uma entrevista com ele e tentar trazer o seu nome a tona para que houvesse algum interesse em uma devida reavaliação de seu trabalho. Mas foi inútil. A sua mãe foi bastante atenciosa, mas deixou claro a opção de Guilherme pela reclusão. Ele nunca retornou nossa ligação. Depois de 33 anos sem produzir nada por conta de uma suposta esquizofrenia (deve ter sido isso mesmo), ele morreu ontem com 67 anos de pneumonia na sua casa na Ilha do Governador no Rio de Janeiro.

Sacanagem matarem a coitada da coruja

Eu nunca mais vou conseguir ouvir outro ator falando esse texto. O Ceccato se apropriou dele. Ele falava esse texto onde estivesse. E geralmente ele estava bêbado. E ele errava o texto todo. E vinha pedir desculpas pra mim. Eu fingia que estava bravo com ele. E ele percebia que eu estava fingindo. E ele voltava a falar o texto errado na primeira oportunidade. Ele adorava esse texto. E eu na verdade me divertia vendo ele errar o texto. E falava pra ele: "Cuzãããão. Você errou tudo". André Ceccato foi o tipo de amigo que não deixou ninguém no banco de reservas. Não há ninguém igual a ele. Conheço muitos atores carismáticos, que prescindem de marcas, de decorar os textos pra dominarem as cenas. Mas o Ceccato sempre foi o maior deles. Ele entrava e dominava. Não tinha como tirar os olhos dele, mesmo que ele não fizesse nada (porque às vezes ele não lembrava) do que a gente tinha combinado. Eu o conheci em 2000 quando ele veio assistir uma peça nossa e veio se apresentar pra mim. Eu não sabia nada sobre ele, mas fiquei impressionado com aquele cara esquisito e com cara de "bom ator". Aí no ano seguinte quando eu precisei de um ator pra fazer um maluco psicopata em "Getsêmani", falei pro Jairo Matos (nosso amigo em comum): "Vamos chamar aquele cara estranho que disse que é seu amigo". E lá fomos nós pro Horto buscar o Ceccato. Ele nunca me perdoou por isso. Sempre ele fazia questão de dizer: "Você foi me buscar na minha casa. Agora me aguenta". E era verdade. Eu fui mesmo. E nunca mais nos largamos. Foram 20 anos trabalhando juntos. A gente brigava muito. Tinha dias que eu queria esganar ele. Mas eu nunca consegui. Ele me olhava com aquele jeito mezzo terno meio maluco e me desarmava e quando eu percebia já estava pagando uma dose de conhaque pra ele. São tantas histórias que eu não vou conseguir contar aqui agora. Nem sei como consigo escrever isso agora. Fiquei sabendo hoje quando acordei. E foi uma porrada. Fiquei trancado no meu quarto. Não consegui falar nem com a minha filha. E as mensagens pipocavam no meu celular. Muitas pessoas me perguntam a causa. Eu não sei. Mas querem mesmo saber o que eu acho? Ele morreu de tristeza. Desde que essa merda de pandemia começou, ele não podia mais sair de casa, não podia mais encontrar os amigos, não podia mais fazer teatro com a gente, não podia mais brigar comigo, não podia beijar as meninas e dizer pra todas como eram lindas. E foi essa falta que matou o nosso amigo. Ele morreu da falta de vida. O que mantinha ele vivo era o fato de estar com a gente, de estar alugando todo mundo com aquele jeito terno que ninguém se importava de verdade (as pessoas inclusive gostavam), de fazer teatro que era o que ele mais gostava na vida. Se me perguntarem do que ele morreu, eu vou dizer: "Ele morreu de tristeza". Eu escrevi em uma música minha que "tristeza não faz mal a ninguém". Mas eu tava falando de mim que sempre fui um cara triste. Eu era um pivete triste, envelheci e só fiquei mais triste. Então eu não dou a mínima pra tristeza. Ela e eu somos íntimos. Mas quando um cara é alegre como o Ceccato, a tristeza quando vem é avassaladora. Ele não sabe lidar com ela. E ele não precisava de muito pra ficar feliz. Só uma peça de teatro com os amigos, uma dose de conhaque e uma garota pra ele ficar dizendo o quanto ela era linda. Nenhuma mulher ficava ofendida com as declarações do Ceccato. Elas ficavam em princípio surpresas, e logo depois lisonjeadas. Porque ele nunca foi invasivo ou desrespeitoso. Ele sempre foi um cavalheiro. Um *gentleman*. Um dos caras mais puros que conheci na porra dessa vida. De uma gentileza e de uma generosidade que é impossível eu descrever aqui em palavras, ainda mais bêbado como estou, já que fiquei bebendo até agora em homenagem a ele. Quando fiquei internado no hospital por conta dos tiros que tomei e estava entre a vida e a morte, fiquei sabendo que o Ceccato dormia em uma poltrona no hospital. Ele não arredou pé de lá enquanto não ficou sabendo que eu estava fora de perigo. E quando a minha irmã me contou isso, eu fiquei muito emocionado. Porra, Irmão, fala aí o texto da Coruja pra esse bando de anjos malucos que vão te receber. Eles vão se emocionar, mesmo se você errar o texto todo como você costumava fazer. E se eles não se emocionarem porque você conseguiu errar o texto todo, eles vão gostar mesmo assim porque você vai vencer no carisma como sempre fez e vão te chamar pra beber uma no primeiro boteco que estiver aberto aí no paraíso que é pra onde você foi. Vê se encontra o Paulo de Tharso por aí e falem mal de mim. O Paulo vai dizer que eu odeio ele. E você vai concordar. Mas eu sei que vocês são dois caras adoráveis que na verdade me amam pra caralho, por mais que adorem falar mal de mim. Quer dizer, vocês me xingam na minha frente, mas já me contaram que vocês dizem que me amam pelas minhas costas, seus pulhas. Eu nem preciso mais dizer o que eu sinto por vocês. Vocês me deixaram aqui sozinho. Quer dizer, sozinho não, porque ainda tenho alguns amigos bacanas. Mas isso não livra a cara de vocês. Vocês são uns grandes sacanas. Reservem um lugar na mesa pra mim. Esse bar vai ficar pequeno pra nós.

Nossa alegria desnorteada e nossas almas num lugar melhor

No final, creio que vamos embora com alguma espécie de alegria desnorteada, daquele tipo de alegria que você não sabe muito bem porque está lá dentro do seu coração despedaçado, mas que tá. Tá sempre lá, esperando para rir da piada certa, do momento em que o velho Stan Laurel olha cinicamente para Oliver Hardy. Do instante em que o Lobo é arremessado pelo Cachorrão e grita "*VOCÊ NÃO TEM ESPORTIVA*". Do instante em que lembro que comia hot dog numa nave espacial que parecia a nave do *Perdidos no Espaço* em forma de cachorro quente. E é assim. A tal da nossa alegria desnorteada, mas que a gente sabe que tá lá só esperando o momento certo. Somos todos pessoas infelizes demais para não contar com essa alegria. Então que ela venha, mais e mais vezes para nossa alma acreditar que ainda vai morar em um lugar melhor.

Eu vou dizer, não há nada muito importante. A vida é só uma vinheta, um haicai perto da eternidade. Então talvez o que valha mesmo no fim das contas são os segundos que você passa apreciando uma gravura do Hopper ou aquela gota de suor que escorre pro umbigo da mulher que você ama. O que vale são os pequenos detalhes. O que vale não é o poema, é o verso que resume todo o poema. O que vale não é a peça de teatro que escrevi. É ficar esperando a peça inteira para dizer aquela fala. A fala exata, aquela que eu sempre quis dizer, e por isso acabei escrevendo uma peça inteira só pra poder dizer.

Poucas coisas substituem a liberdade, autonomia e a poesia que é sair de madrugada de um lugar a hora que eu decido (e sem ter que consultar ninguém e sem se despedir de ninguém) com um copo descartável cheio de uísque na mão e ir caminhando de madrugada sozinho pelas ruas de uma cidade até então estranha pra mim.

Mantenha seu coração no lugar

Era o que ela costumava me dizer sempre que pressentia que eu aspirava tomar parte na batalha. Então granadas apareciam nos meus bolsos substituindo a escova de dentes. Eu me perdia por algumas noites e então voltava para casa alquebrado, a alma reduzida a cinzas. Mas ela só perguntava se o meu coração estava no lugar. Eu balançava a cabeça, derrotado, e me escondia em meu quarto. Ela nunca me perguntava por onde eu tinha andado e em que tipo de encrenca eu estava metido. Ela só queria saber se o meu coração estava no lugar. E eu camuflava minha vulnerabilidade em noites de escândalos alcoólicos. E então voltava para minha trincheira de livrinhos malditos de poesia. Uma noite ela me pegou bebendo uísque sozinho na cozinha. Não tive coragem de olhar pra ela. Eu sabia que ela tava lá parada na porta, esperando um movimento qualquer. Então eu falei: *Tenho me sentido muito sozinho.* Ela então disse: *Se você não for boa companhia pra você mesmo, então não vai conseguir ser pra ninguém.*

Nesse dia eu fui embora. Não sei se meu coração está no lugar. Mas eu não me preocupo mais com isso.

Se você não gostou da música, foda-se

Ela entrou em casa. A respiração de quem queria encrenca. Entendam os olhos de quem já viu tudo. Entendam o destino de quem adormeceu em frente ao sepulcro. E ela gritou:

Eu me esqueci de você, lembra?

Como eu poderia esquecer?

Você é um idiota. Não podia deixar as coisas como estavam?

Ela se referia a música suave que sempre tocava quando ela se mexia, quando acordava em sua casa com varanda e vasos de orquídeas. Uma vida com coroas de flores descendo a correnteza. Ela nunca quis uma bomba relógio colada na alça do seu Carmen Steffens. Ela estreitou os olhos como se quisesse fechá-los definitivamente. Como se as granadas não estivessem prestes a saltar de sua Colcci.

Ia achar bacana se você dissesse...

O que?

Ela nunca deixava eu terminar as frases.

Que tava gostando de me rever.

Seu olhar era um anátema. Seu gesto agressivo uma oração. O pecado que não tem perdão. Uma vez ela disse: *Não me perdoe. Apenas me permita.* Eu tava começando a entender. O mundo está grávido de um monstro e ela se recusa a pagar o aborto, a reprimir a catástrofe. Uma *gamine* e um *headbanger* presos num aquário de *goldfish*. Vai faltar oxigênio para alguém. Você pode evitar o encontro. Encontros são apenas preliminares de confrontos. Mais cedo ou mais tarde você vai entender que seria possível ter evitado tudo isso. Mas sempre é tarde demais. E então, o terror. A música que você não queria ouvir. A música que não toca no *walkman* de Gandhi, se é que você me entende.

Se você não gosta da música, foda-se.

Amigos morrem, filhos nascem, casais se separam, casais se apaixonam, alguém querido gritando seu nome da janela de um ônibus, você acordando numa nova casa, a maioria dos filmes que você amava na adolescência não te dizem mais nada. É natural, você cresceu, envelheceu. Acabou a inocência. Você vende os livros que achava que seriam manuais de consulta pro resto da sua vida. A chuva cai. Você andando de táxi pela cidade. O motorista dizendo: *essa chuva até que cai bem.* Mais uma cerveja, mais uma taça de vinho, mais uma peça que estreia. Mais um plano que não se concretiza. Mais uma vida que se interrompe. Mais uma luz que se apaga no edifício na frente da sua janela. A agulha deslizando no sulco sem vida e sem som. E você ainda querendo acreditar que há realmente algo mais importante que essa dor que não abandona o seu peito.

Deixa as malas na porta de casa

Quando você for embora... é claro, porque você vai embora. Sempre foi morte anunciada. Eu não sou de marcar o tempo no relógio. Eu só sei que vai ter uma hora que você vai embora. Mas quando você for embora, deixa as malas na porta. Não, não leva elas não. Eu sei que você vai voltar. E não é porque você não tem pra onde ir ou outro lugar pra voltar. Um lugar de onde você já saiu em outro momento. É simplesmente porque eu sei que você vai querer voltar. Pra esse lugar de onde você fugiu. Porque você precisava fugir pra não enlouquecer. E não tô falando isso com prepotência. É só porque eu sei. E no tempo que você ficar longe, eu só peço que não deixe que te invadam. E não tô falando *te invadam sexualmente*. Porque é claro que isso pode e é mais do que provável que vá acontecer. Eu estou falando de outro tipo de invasão. Aquela que separa continentes, que faz com que não possamos mais dividir as mesmas banheiras, ou arremessar juntos os últimos cubos de gelo no azulejo do banheiro, tá ligada? Tem um tipo de invasão que torna tudo irreversível. Só quero que você saiba que talvez eu também vá andar por aí. E desfrute de marcas diferentes de uísque. Mas eu vou fincar uma bandeira naquela porta intransponível. Porque tem um lugar que ninguém mais consegue entrar. Tem um filme que só nós dois podemos assistir. E isso de alguma maneira nos torna especiais, parceria única.

Laurel e Hardy, Tom e Jerry, Abbot e Costello, Jonathan e Jennifer Hart, Maddie e David Addison ou ainda mais romanticamente perigosos *Carter 'Doc' McCoy e Carol Ainsley McCoy.* Você tá ligada, né? Tem essa rodovia cheia de desvios, mas nós dois sabemos que no final ela vai terminar naquele lago espetacular de onde nós nunca vamos querer sair, onde o sol brilha pelo menos nos finais de semana e onde as reprises da HBO tem sempre aquele frescor de ineditismo. E é fundamental que isso aconteça, até porque nós dois sabemos que isso não vai durar.

Porque você vai querer ir embora. E se você não quiser, e se eu estiver errado e você não quiser, então por Deus, pode ter certeza que quem vai sou eu. Não somos capazes de dividir os mesmos relâmpagos, mas ainda assim temos plena consciência do barulho do trovão que anuncia a tempestade. Nós sabemos bem mais do que deixamos transparecer. Deixa as malas na porta. Deixa as malas na porta. Quer que eu repita?

Então tá. Vai, porra. Deixa as malas na porta.

Eu me acostumo muito facilmente com a presença das pessoas. O problema é que eu também me acostumo muito facilmente com a ausência delas. E não tenho certeza se isso é bom. Esse desligar automático. O burburinho e o tumulto de um bar lotado e o silencio mortal do meu apartamento onde ouço apenas o barulho do ventilador constantemente ligado. Sentei na cama e fiquei pensando com a dose certa de melancolia sobre esse meu destino de astronauta solitário mandado para um planeta inóspito. Mandado como uma espécie de batedor intergaláctico. Eu vou lá, vejo se tá tudo bem, então dou o sinal verde para os outros virem. Acho que de vez em quando gostaria de ser só mais um da tripulação, o que conversa coisas triviais no café da manhã enquanto passa geleia no pão. Mas já percebi que não vai ser mesmo assim.

Elegância

Fauzi Arap foi um dos caras mais elegantes que conheci. Lembro dele me mostrando o disco do baterista Wilson das Neves. E se há uma palavra que pode definir Wilson das Neves é "elegância". Elegância é algo cada vez mais raro. Jean Paul Belmondo no final de "Acossado" fala para Jean Seberg amargurado porque estava se sentindo traído: "Por que as mulheres transam com qualquer cara menos com o cara que é apaixonado por ela?". Ela havia acabado de denunciá-lo para a polícia e ele tinha que fugir. Ele optou por ficar e acabou morrendo fazendo careta na rua. Ele não quis deixá-la mesmo depois dela denunciá-lo. No mínimo isso é elegância. Está cada vez mais raro. Van Morrison olhando o seu saxofonista arrebentando em um show em Montreaux e depois quase embevecido pedindo aplausos é elegância. Políticos e religiosos definitivamente não são elegantes. Estão sempre falando que estão fazendo algo em benefício dos outros e qualquer cachorro cego na rua sabe que isso é uma grande falácia. Nada do que eles fazem é em benefício de alguém. Eles só fazem em seu próprio benefício e no máximo em benefício de suas famílias. Não é à toa que políticos e religiosos se entendem e se aliam. Marielle Franco foi uma exceção, elegante e corajosa quando ajudou a solucionar o caso do policial civil assassinado por um colega. Elegância também exige coragem. Elegância custa caro. Elegância é difícil. Não é pra qualquer um. Elegante foi sempre Martin Luther King. Não é à toa que foi o cara mais jovem a receber o Nobel da Paz. A paz é elegante. Não é elegante mandar jovens para uma guerra da qual eles não tem a menor noção do porquê está acontecendo. Scooby Doo e Salsicha são elegantes quando ficam brincando de "você primeiro, Salsicha" e "não, de maneira nenhuma, você primeiro, Scooby". Elegante era a macaca Zira quando protegia Taylor e o chamava de "Olhos brilhantes". É triste constatar que a elegância está fadada à extinção em um mundo onde a selvageria vem sendo tão apreciada. Nem sempre sou elegante. A selvageria todos os dias me convida para um passeio que eu sei que não vai ser agradável. E a tentação, caramba, a tentação não é pequena.

Um coração inconsequente

É uma espécie de vazio. É um sangue que começa a escorrer de um corte e você nem nota. Só mais tarde é que você vai sentir uma fraqueza que você não consegue explicar. Tristeza e alegria são duas irmãs que andam juntas mas não se toleram e sentem inveja uma da outra, e são capazes de grandes sacanagens pra virar o jogo. Às vezes podemos estar rindo e aparentemente se divertindo muito, mas na verdade estamos dilacerados internamente. E às vezes podemos estar calados, circunspectos e aparentemente muito tristes, quando na verdade estamos gozando de uma felicidade inaudita. Quer dizer, eu acredito que são estados de espírito que necessariamente não se refletem em nosso comportamento. Pelo menos não no tempo todo. Então o que não se pode é se deixar levar por uma ou por outra. Talvez o amor acabe. Talvez a gente se desacostume. Como é que eu vou saber? O que eu sei é que acessos de raiva, melancolia e sensações de profundo desamparo não são estranhas à quem se propõe entrar em campo e jogar de centroavante. Porque como diz o meu amigo Marcelo Montenegro, há sujeitos que não nasceram pra jogar na defesa. Eles vão continuar avançando, como se estivessem numa partida de futebol americano, ou como o touro cego de ódio contra a mancha vermelha na sua frente. Não há como pará-los. Três tiros no peito não são capazes de parar um coração inconsequente.

A garota que mija na rua

Eu a vi mijando. Foi assim que eu a vi pela primeira vez. Mijando. No meio da rua. Ela simplesmente abaixou as calças, se abaixou e mijou. Alguns amigos irromperam em risos constrangidos ou passaram a fazer gracejos do tipo que costumamos fazer quando não conseguimos explicar algo que ao mesmo tempo pode parecer erótico ou ridículo. Eu não ri, nem falei nada. Achei poético na verdade. Ela ali, no meio da rua, mijando, descontraída, como se fizesse sempre algo que lhe vinha à cabeça, sem nenhuma espécie de censura, sem sequer qualquer tipo de aviso prévio. Ela simplesmente ia lá e fazia. E tudo o que acontecesse dali pra frente com nós dois viria com algum tipo de reprimenda ou alerta como se ela estivesse sempre me cochichando no ouvido: "Não esquece que eu sou a garota que mija na rua". Jamais esqueci.

Talvez o mundo não precise de mais uma história de amor. Mas talvez você não precise pagar pelas promessas que outros fizeram. E não tenha que correr pela areia como um inseto saudável que está fugindo para não ter que cumprir as tais promessas. O mundo não precisa de mais um sujeito com ares de ilustrado tentando te convencer do quanto ele está certo. O mundo não precisa de alguém que se julgava comprometido arruinando vidas e seguindo feliz ao encontro de mil virgens. O mundo não precisa de alguém se empanturrando e contando bravatas de gangster em um restaurante. Há barulho demais no mundo, há desconforto e poucos pontos de fuga à disposição. E no meio disso tudo há algumas dispensáveis histórias de amor. Pensando bem, mais uma história de amor não vai fazer mal a ninguém.

Tem horas que a gente pensa em mudar tudo. Recomeçar a vida do nada. Esquecer os livros que já leu, as mulheres que passaram pela vida, os amigos que nos ampararam. Só não penso em esquecer os textos que escrevi. E quando releio os textos, lembro dos livros, das mulheres, dos amigos e de todos os barulhos noturnos. Eles continuam lá como fantasmas que mexem em nossos chinelos em cima da poltrona. E é isso que me impede. A escrita me aprisiona. A escrita me aproxima e me afasta de Deus. A escrita me desperta e me nocauteia. Tenho tido várias decepções na vida, mas a escrita é a única que não me decepciona nunca. Ela sempre esteve a serviço de minhas explosões de alegria, de minhas obsessões, de minha submersão na tristeza mais profunda, nos meus rompantes de renascimento. A escrita é minha mais fiel companheira e minha inimiga mais leal. Posso perder tudo, mas não posso perder a capacidade de me emocionar e de escrever. O resto é essa vontade de olhar os carros passando pela estrada, um rock do Lynyrd Skynyrd na cabeça e a possibilidade de um novo poema. E me parece mais do que suficiente.

Notícias dos últimos tempos

A notícia é que até tentei fazer alguns planos. Não deu certo. Então deixei pra lá todos os planos e resolvi que de agora em diante vai ser como sempre foi. A boa notícia é que continuo ouvindo *rock and roll*. A má notícia é que tentei fazer o meu melhor. É que o meu melhor nunca é sequer a metade do suficiente pra qualquer um. A notícia é que me enchi de culpas, como sempre. E a conclusão é que eu quase virei uma sombra triste do que podia ser. Quer dizer, virei. Mas não vai ser pra sempre. Porque sempre foi tão fácil me colocar pra baixo. A boa notícia é que acho que ainda faz sentido. A má notícia é que hoje chove lá fora e eu tenho uma garrafa de uísque me seduzindo. A boa notícia é que eu vou sair na chuva. A notícia que eu não sei se é boa ou ruim é que alguém está sorrindo por trás da vidraça. A boa notícia é que uma fugidia sensação de felicidade jamais será encarada como uma notícia ruim.

Only the good die young

Eu sou um sujeito que todos os dias acorda sem conseguir entender como chegou a tão vetusta idade, e confesso que sou fã ardoroso de todos esses *meninos que morreram cedo* como na música do Lulu Santos e do Nelson Motta, mas nem por isso tenho pressa de conhecer qual o tipo de *bourbon* que servem nos bares do paraíso. Eu sou fã dos caras, mas jamais pensei em morrer de overdose ou acabar numa banheira como Jim Morrison. Quero mesmo, se o bom Deus e São Miguel Arcanjo (meu santo protetor) assim me permitirem é morrer bem velhinho segurando uma garrafa de Jack Daniels, trajado com minha camiseta do Motorhead num puteiro vagabundo vendo uma *stripper* tirar a última peça enquanto abençoo todas as mulheres que tiveram a coragem de gastar algum tempo de suas vidas comigo e também todas aquelas que tiveram a sensatez e a esperteza de me abandonarem. E amaldiçoando todos os bundões que um dia admirei e que traíram suas convicções. Acho que esse sim é um jeito digno de envelhecer.

57 ans plus tard

Tem isso da vida estar em movimento. Os sentimentos mais mesquinhos passando pelo que chamam de amor ou amizade que costumam ser tratados com a devoção e interesse que os sentimentos nobres costumam despertar. E tem você finalmente rompendo o lacre, derrubando a porta, anunciando que enfim chegou a sua vez. E como diria Cohen, você pode ter esperado demais para acontecer o milagre. Eu sempre me vejo como se estivesse fugindo por um pântano sempre na iminência de ser atacado por um crocodilo ou qualquer outro animal sorrateiro com características apropriadas para habitar tal bioma. Eu tinha um velho amigo que dizia que o tempo faria bem pra mim. Eu apenas entro no último vagão com o ferimento aberto sob a minha camisa. Sento no último banco e aguardo quase resignado o instante de fúria que vai colocar o trem em movimento.

Souvenir de guerra

Tem esse negócio que é a ausência de sentimentos ruins. Quando eu era jovem, tinha muita raiva e vontade de acertar as contas com Deus e todos os expatriados mundanos. É muito foda a sensação de se livrar de alguns sentimentos como me livrei recentemente daquela camisa velha que guardava como um souvenir de guerra.

Projeto realizado com
apoio da Ria Livraria.

Esta obra foi composta em Bell MT Std
e impressa em papel pólen 90 g/m² para a
Editora Reformatório, em janeiro de 2022.